내가 본 부처

개정판
내가 본 부처

개정판 1판 발행 | 2020년 10월 21일

지은이 | 도법道法

엮은이 | 홍현숙, 조인숙
펴낸이 | 조인숙
펴낸곳 | 호미출판사

등록 | 2019년 2월 21일(제2019-000011호)

주소 | 서울시 양천구 목동서로 287 1508호
영업 | 02-322-1845
이메일 | homipub@naver.com

표지 및 본문 디자인 | 끄레 어소시에이츠

ISBN 979-11-966446-2-8 03810
값 | 13,000원

개정판

도법스님이 출가 행자에게 들려주는 부처님의 생애

내가 본 부처

도법

개정판을 내면서

길 위에서 붓다를 생각하며

생명 평화를 화두로 지난 3월 1일부터 순례 길에 나섰다. 동가숙 서가식하면서 일백여 일 동안 삼천여 리 길을 걸었다.

따지고 보면, 이렇게 길을 나서게 된 것은 붓다로 인해서이다. 걷는 동안에 거듭거듭 붓다를 생각했다. 절도 집도 없는 순례자의 처지가 되고 보니 붓다에 대한 그리움이 더 사무쳤다.

그 동안은 붓다에 대해서 또 출가 수행에 대해서 대체로 관념적이고도 추상적으로도 이해했다면, 길 위에 선 지금은 좀 더 구체적이고도 사실적으로 붓다에게 다가설 수 있다고 감히 생각한다.

출가 행자들과 함께 공부하는 마음으로 풀어 놓았던 부처님의 생애 이야기, 「내가 본 부처」가 출판된 지도 벌써 세 해가 다 되었다. 나름대로 꼼꼼하게 정리한다고 한 것이지만, 막상 책을 내고 나서 살펴보니 내용이 빠지거나 미흡한 곳, 너무 단순하게 처리된 곳, 문제가 정확하지 못한 곳 들이 눈에 띄었다. 기본적으로 큰 틀은 바꿀 필요가 없지만 부족한 점을 보충하고 다듬고 첨가할 필요가 있다는 생각이 들었다.

마침 출판사에서도 책을 다시 더 찍어야 한다고 해서, 아쉽게 생각하던 몇 가지를 보충했다.

설명이 미흡한 부분은 보완하고, 빠진 부분은 새로이 보충하고, 지나치게 간단하게 처리되거나 논지가 정확하지 않은 부분은 아예 글의 얼개를 고쳐 다시 쓰기도 했다. 초판과 눈에 띄게 달라진 부분을 꼽자면, 21

쪽 욕망의 문제, 33쪽 수행의 기본자세, 44~45쪽 부처님의 탄생과 그것을 찬탄하는 까닭, 50쪽 부처님의 탄생게, 52쪽 유아독존의 의미, 58쪽 공양의 의미, 80쪽 발심과 수행, 126쪽 부처님이 깨달은 연기법의 실체, 129쪽 지혜와 자비 등이다. 그리고 37쪽은 새로이 제목을 집어넣음으로써 "준비하는 과정이 바로 수행이다"라는 요지를 정확하게 전달하려고 했고, 200쪽의 "생명 복제에 대한 질문"은 그 동안 여러 사람들에게서 질문받기도 했거니와 이 시점에서 한번 짚어 볼 문제다 싶어서 새로 써서 추가했다. 그밖에 처음부터 끝까지 다시 읽으면서 틀리거나 거슬리는 표현을 바로잡고 좀더 정확한 표현을 찾아 가며 손질하고 보니 적지 않게 손이 갔다.

처음과 끝을 한결같이 했으면 이런 번거로움이 없을 터인데 하는 뉘우침이 있었다. 손질하는 내내 마음 깊이 부끄럽고 죄송스러웠다. 소 잃고 외양간 고치는 격이겠지만, 다음기회에는 더 잘하겠다고 다짐해 본다.

개정판 일을 하느라 수고를 아끼지 않은 호미 식구들에게 미안함과 고마움의 인사를 드린다.

이천사년 유월 순례길에서

순례자 도법

초판 서문

붓다, 그는 우리에게 누구인가?

붓다, 그는 우리에게 누구인가?

현대를 사는 우리에게 붓다 그는 과연 어떤 존재인가?

"극한의 고행을 하는 싯다르타의 모습은 말 그대로 피골의 상접함이었다. 앙상한 얼굴은 영락없이 허허벌판에 버려진 해골 모습이고, 움푹 들어간 눈동자는 물이 말라 버린 천 년 묵은 우물 속 같았다. 가죽이 말라붙은 갈비뼈는 폐허의 서까래처럼 드러나고, 쭈글쭈글한 뱃가죽은 말라 비틀어진 조롱박과 다름이 없었다."

불상이 다양하고 무수히 많지만 가장 강렬한 인상을 주는 불상을 꼽으라면 아마도 이 고행상이 아닐까 싶다. 비록 사진이긴 하지만 가끔씩 고행상을 바라본다. 섬뜩할 만큼 뼈에 가죽만 남은 고행상을 대할 때마다 말할 수 없이 착잡해진다. 무어라 형언하기 어려운 가슴 저림이 있다. 밑도 끝도 알 수 없는 허허로운 슬픔이 물결친다. 스스로 어찌하지 못하는 절절한 그리움이 밀려온다. 가도 가도 끝이 보이지 않는 지평선 너머 어디론가 끝없이 떠나고 싶어진다.

진정 무엇이 이 친구로 하여금 저토록 자신의 목숨을 걸게 한 것일까? 도대체 이 친구로 하여금 자신의 목숨을 걸게 한 것이 과연 무엇이란 말인가? 모두가 잠든 한밤중에 홀로 밤하늘을 바라보며 분노에 찬 물음을 묻게 된다. 까닭이 무엇인지는 나 자신도 알 수가 없다.

다른 한편으로는 가슴 깊은 곳에서부터 더없이 부러운 마음이 든다.

싯다르타는 참으로 행복한 사람이다. 이 세상 그 누가 싯다르타보다 더 행복할까 싶다. 한 인간에게 일생 동안 목숨 바쳐 할 일이 있다는 사실은 얼마나 신나는 일인가. 목숨을 걸어야 할, 일생 일대의 뜻 있는 일을 갖고 있다는 사실보다 더 행복한 일이 또 어디 있을까. 자신이 뜻한 일에 목숨을 걸고 자신의 온 존재를 바쳐 집중할 수 있다는 사실보다 더 좋은 일이 무엇이 있을까.

오늘 아침에도 고행상을 바라보았다. 지금도 고행상을 떠올리고 있다. 이 친구가 꾸고 있는 꿈은 무엇일까? 이 친구가 실현하고자 하는 바람은 어떤 것일까?

싯다르타의 꿈과 우리의 꿈은 같은 것일까, 다른 것일까? 이천육백여 년 전 싯다르타의 바람과 오늘 우리의 바람에는 어떤 차이점이 있을까? 한 가지 확실한 것은, 싯다르타 그 친구도 사람이었고 우리도 사람이라는 부정할 수 없는 사실이다. 오늘을 사는 우리 모두가 잠이 오면 잠자고 배고프면 밥을 먹듯이, 이천육백 년 전의 싯다르타 그 친구도 잠자고 밥 먹었을 것임이 분명하다. 마찬가지로 그 친구의 인생 고민과 우리의 인생 고민도 크게 다르지 않다고 믿어도 좋을 듯하다. 싯다르타가 갈망하던 꿈과 우리가 갈망하는 꿈은 그 때나 지금이나 매한가지일 터이다. 그 고민과 꿈이 어떤 것들이었는지 간추려서 꼽아 보는 것도 괜찮겠다.

"인생의 존재 이유를 알 길이 없어 답답하다. 시도 때도 없이 삶이 불안하고 초조하다. 사는 것이 옹색하고 치사하다. 인생이 고통스럽고 불행하다." 예나 지금이나 인간의 고민거리는 거의 비슷비슷할 터이다. "존재의 이유를 알고 시원하게 살고 싶다. 자유로움과 평화로움의 삶이 그립다. 아름다움과 기쁨 속에서 행복한 삶을 누리고 싶다." 싯다르타나 우리나 원초적인 바람은 조금도 다름이 없을 터이다.

다만 한 가지 확연하게 다른 점이 있다. 그 친구는 내려놓음으로써 꿈을 실현하려고 했고, 우리는 거머쥠으로써 꿈을 실현하려고 한다. 우리는 자신의 울타리를 쌓아 올림으로써 바라는 바를 실현하려고 하는데, 그 친구는 자신의 울타리를 철저하게 해체시킴으로써 바라는 것을 실현하려고 했다. 그 친구는 자신의 실상을 알고 실상의 질서에 따르는 것만이 참된 길이라고 믿었고, 우리는 자신 밖의 모든 것을 알고 그것을 좌지우지하는 데에 길이 있다고 믿는다. 모두 똑같이 밥 먹고 잠자는 만큼 똑같은 꿈을 꾸어 왔으나 그 꿈을 실현하기 위해 걸어온 길은 전혀 다른 길이었다. 서로가 자신이 옳다고 주장하고 장담하며 멀고도 험한 길을 걸어왔다.

지나온 세월과 이루어진 오늘의 결과를 진지하게 성찰해야 할 때이다. 지금 스스로에게 물어 볼 때가 된 것이다. 우리 모두 함께 앓아 온 인생의 고민은 어떻게 되었는가? 우리 모두 함께 꾸던 인생의 아름다운 꿈은 어디에서 어떻게 실현되었는가? 우리의 꿈은 잡히지 않는 꿈일 뿐 역사가 되지 못했다. 우리의 바람은 공허한 바람일 뿐 삶으로 실현되지 않았다. 거머쥐는 길에선 갈등과 대립의 역사만 물결쳤다. 쌓아 올리는 길에선 불안과 초조의 삶만 도도하게 흘렀다. 자신 밖으로 찾아 나선 길에선 무지와 집착의 어두움만 깊어 갔다.

반면에 내려놓는 길에선 공존과 평화의 인생이 꽃피었다. 해체의 길에선 기쁨과 자유의 삶이 가꾸어졌다. 자신을 알고 가꾸는 길에선 싯다르타 그 친구가 완성자인 붓다로 태어나 역사의 중심에 우뚝 섰다. 결론은 간단 명료하다.

우리의 꿈인 평화로운 사람, 그는 붓다이다.
자유로운 사람, 그는 붓다이다.
우리의 바람인 아름다운 사람, 그는 붓다이다.
매력적인 사람, 그는 붓다이다.
우리의 희망인 인간적인 사람, 그는 붓다이다.
행복한 사람, 그는 붓다이다.
천 년 전의 꿈이 바로 오늘의 꿈이다.
싯다르타의 바람이 그대로 우리의 바람이다.
싯다르타가 걸어간 길이 오늘 우리가 걸어가야 할 길이다.
싯다르타가 부처 된 길이 오늘 우리가 부처 되는 길이다.

붓다, 그는 우리에게 누구인가?

오늘을 사는 우리에게 붓다 그는 과연 어떤 존재인가?

반드시 간직해야 할 역사의 꿈이다. 절대로 잊어서는 안 될 우리의 바람이다. 영원히 살아 있어야 할 인생의 희망이다.

그 동안 몇 차례 멀고 먼 구도의 길을 나서는 행자들과 함께 부처님의 생애에 대하여 공부했다. 인생의 희망을 걸고 찾아온 그 친구들에게 도움이 되는 최선의 길은 내 양심으로 겸허하고 정직하게 하는 것이라고 믿었다. 진정 부끄럽고 가슴 아팠다. 참으로 죄송하고 미안했다. 그러나 부끄러운 구석, 아픈 구석을 숨김 없이 모두 드러내어 이야기했다.

서툴고 거친 표현, 적절하지 않은 예들까지도 상처를 치유하고 희망을 싹 틔우는 밑거름으로 승화되기를 바라는 마음 간절하다. 많은 질책을 바란다. 횡설수설 중언 부언한 내용을 정리하여 책으로 만들어 내느라 수고한 호미 식구에게 감사드린다.

이천일년 십일월

도법

차례

4강

5강

6강

7강

8강

1강

들어가기 전에

불교는 어렵고, 현실과는 거리가 먼 신비하고 특별한 것이라고 생각하는 경향이 많습니다. 그러나 부처님의 가르침은 결코 신비하거나 현실과 거리가 먼 그런 내용이 아닙니다. 하늘 위나 땅속 또는 과거나 미래의 이야기가 아닙니다.

불교는 바로 "지금 여기"의 이야기입니다. 하루하루, 순간순간마다의 일상적이고 구체적인 삶의 이야기이며 우리가 일상적으로 생각하고 관심을 갖고 말하는 바로 그런 문제를 다루고 있습니다. 다만 삶의 일상을 다루는 사상과 방법론이 일반적인 경향과 차이를 가질 따름입니다. 일상의 삶을 어떤 사상과 정신과 방법론으로 다루느냐에 따라, 중생살이를 되풀이하는 삶을 살 수도 있고 중생살이를 청산하고 부처의 삶으로 전환하고 향상해 가는 삶을 살 수도 있습니다. 중생의 삶을 청산하여 부처의 삶으로 전환하고 향상할 수 있도록 생각하고, 말하고, 행동하는 길을 가르치는 것이 바로 불교입니다.

수행사의 삶은 먼저 일상적으로 진지해야 합니다. 진지하다고 하면 정숙함이나 엄숙함 같은 것부터 먼저 떠올리기 쉽습니다. 물론 그런 의미도 있지만 그것이 핵심은 아닙니다. 불교에서 보면, 진지함이란 "현재를 온전히 사는 삶의 태도"입니다. 곧, 순간순간의 상황을 통찰하여 그 현실에 자신의 온 존재를 집중하는 것입니다. 불교는 언제나 현재를 온전하게 살아가라고 가르칩니다. 과거를 위한 것도 아니고 미래를 위한 것도 아닙니다. 지금 여기를 떠난 어떤 다른 곳이 아닙니다. 우리가 보고 듣고 생각하고 말하고 느끼는, 바로 지금 여기, 견문각지見聞覺知하는 그 순간순간과 상황상황을 온전하게 살아가라는 것이 부처님의 가르침의 요체입니다. 현재를 온전히 사는 것이 곧 진지하게 사는 것이며, 올바르게 사는 것입니다. 왜냐 하면 현재를 온전히 살아야 비로소 불교의 이상인 깨달음, 곧, 자유의 실현이 가능하기 때문입니다.

그렇다면 지금 이 순간 어떻게 하는 것이 현재를 온전히 사는 것이겠습니까?

먼저 "현재 상황"을 매우 구체적이고 정확하게 직시하고 인식해야 합니다. 예를 들어 지금 이 시간은 부처님의 생애에 대하여 함께 공부하는 시간입니다. 지금 우리는 부처님의 생애를 알기 위해 함께 하고 있습니다. 그렇다면 여러분으로서는 오직 부처님의 생애에 관한 이야기를 듣는 것만이 지금 현재를, 이 순간을 온전히 사는 것이라고 할 수 있습니다. 마찬가지로 저로서는 저의 온 존재를 바쳐 부처님 생애에 대한 이야기를 하는 것이 지금 이 순간을 온전히 사는 것이 될 터입니다. 그런데 살펴보면 지금 우리에게 여러 가지 망상이 끼어들고 있습니다. 졸립다거나 이야기가 지루하다거나 또는 지나간 일에 대한 기억, 미래에 대한 기대와 불안, 기분 나빴던 것, 기분 좋았던 것 등 온갖 것이 끼어들고 있습니다. 지금 우리에게 주어져 있는 현재, 곧, 부처님의 생애에 대해 설명하고 듣는 것만이 온전히 있어야 하는데 실상은 그렇지가 못합니다.

중생살이가 고달픈 까닭이 바로 여기에 있습니다. 현재를 온전히 살면 홀가분한데, 온갖 과거와 미래를 다 짊어지고 살아가려고 하기 때문에 고달픈 것입니다. 지금 현재에 다른 것이 끼어들면 그것이 무엇이든 다

번뇌 망상입니다. 선이든, 악이든, 아름다운 것이든, 추한 것이든, 직면한 현실 이외의 그 어떤 것도 모두 허구입니다. 불교는 다른 것이 아닙니다. 직면한 현실의 존재 밖에 있는 쓸데없는 것을 떨쳐 버리고, 순간순간마다 "존재 그 자체"만으로 살아가는 것이 불교입니다. 바로 이런 것이 "진지함"인 것입니다.

사람들은 수행자가 가사 장삼 잘 수하고, 눈 지그시 감고, 땅이 꺼질세라 조심스럽게 걸어 다니는 모습을 보고 진지해 보인다고 합니다. 그러나 결코 그런 것만이 진지함의 실체는 아닙니다. 물론 땅이 꺼질세라 조심스럽게 걸어야 할 곳에서는 조심스럽게 조용히 걸어야 진지함일 것입니다. 반대로 만일 불이 났다면 아무리 수행자라 해도 후다닥 뛰어가 불을 끄는 것이 진지함입니다.

밥을 먹을 때에는 밥 먹는 일에 집중하고, 청소할 때에는 온전히 청소하는 행위만 있어야 합니다. 그렇게 생각하고 말하고 행동하는 것을 달리 말하면 집중력 또는 통일성이라고 합니다. 이 집중하는 태도와 노력을 통해 우리는 스스로 정화되기도 하고 안정되기도 하며 또 문제의 본질을 통찰하는 힘을 얻기도 합니다.

삶은 이와 같이 진지해야 합니다. 이유는 간단합니다. 현재를 온전히 살아야만 삶의 질적인 변화와 향상을 가져오기 때문입니다. 수행자가 참선을 하고, 기도를 하고, 간경 수행을 하는 것도 결국 현재를 온전히 살기 위해서입니다. 늘 현재를 온전히 사는 삶의 태도를 가꾸어 갈 때 비로소 참선도 제대로 할 수 있고 삼매에 들 수도 있으며 삶이 충만해지기도 합니다.

수행자는 늘 배우고 익혀야 합니다. 일생 동안 배우고 익히며 살아가야 합니다. 수행자에게는 배우고 익히는 것이 시작이자 과정이며 마지막입니다. 불교 의식의 발원문에서는 이 점을 크게 강조하고 있습니다. 그 가운데 하나가 바로 "원아세세생생처 상어반야불퇴전願我世世生生處常於般若不退轉"입니다. 대개 "영원히 나는 반야의 길에서 물러나지 않겠습니다"라고 해석하는데, 그럴 경우 문제가 됩니다. "세세생생처世世生生處"란 말을 "영원"으로 해석하면 그 의미가 관념화되어 버리고, 나아가 구체적인 일상의 의미가 퇴색하고 맙니다. 여기에서 "세세생생처"는 "언제 어디에서나"라는 뜻입니다. 곧, "언제 어디에서나, 순간순간마다, 어떤 상황에서든"이라는 의미로 받아들여야 합니다. 물론 넓게는 "내세에도 또 그 다음 내세에도 또 그 다음 내세에도"라고 풀이하여 결국 "영원히"라는 의미를 포함하기도 합니다. 하지만 그러다 보면 "세세생생처"라는 표현이 말하려고 하는 본디의 의미를 놓칠 수가 있습니다. "언제 어디에서나, 순간순간마다, 상황상황마다" 숨 들이쉬고 숨 내쉬는 바로 그 순간순간의 역동적 의미를 제대로 받아들여야 하는데, "영원히"라고 하면 오히려 가만히 머물러 있다는 느낌이 강해집니다. 그러니까 "원아세세생생처 상어반야불퇴전"은 "순간순간마다 상황상황마다 반야의 길에서 물러나지 않겠습니다"라고 이해해야 합니다. 곧, 언제 어디에서나 깨달음의 길, 지혜와 자비의 길, 자기 완성의 길에서 물러서지 않겠다는 것, 그것이 바로 배우고 또 배우고, 익히고 또 익히는 길인 것입니다.

배우고 익히는 길은 어떤 길일까요?

먼저 겸손해야 합니다. 자기를 낮추고 자기를 비워야 합니다. 항상 부지런해야 합니다. 방일하지 말라는 것은 부처님이 유언으로 남긴 말씀이기도 합니다. 또 인내함이 있어야 하며 헌신적이어야 합니다.

배우고 익히는 것이 수행의 전부입니다. 배움에서 또 중요한 것은 학귀자득學貴自得, 곧 스스로 터득하는 것입니다. 책이나 강의를 통해 한

날 지식으로만 습득하는 것은 온전한 배움이 아닙니다. 지식의 습득은 오로지 올바르고 바람직한 실제의 체험, 실제의 터득을 이끌어 내기 위한 안내 지도일 뿐입니다. 배움은 스스로 터득하고, 스스로 체험하는 것을 가장 귀하게 여깁니다. 스스로 터득하기 위한 노력이 무엇보다도 중요합니다.

그리고 수행자는 자기 자신을 잘 살피고 자기 자신을 잘 다스려야 합니다. 곧, 자기 안에서 일어나는 욕망을 잘 살피고 다스려서 그로부터 자유로워져야 합니다.

불교는 한마디로 자유 실현의 종교라고 할 수 있습니다. "자유"란 말은 인간적으로, 역사적으로, 사회적으로 우리 삶에 관계된 모든 의미를 함축하고 있습니다. 곧, 자유는 여러 면에서 인간의 삶과 희망에 대한 바람, 염원, 가치, 이상 등에 관계된 모든 의미를 담고 있습니다. 동서 고금을 통하여 사람들은 끊임없이 자유를 거론해 오고 있습니다. 그러나 불교에서 말하는 자유는, 그리고 자유를 실현하기 위한 실천 방법은 다른 데에서 말하는 자유와는 큰 차이가 있습니다.

불교에서의 자유 실현은 욕망을 충족시키는 것과는 거리가 멉니다. 하고 싶은 것을 마음대로 한다는 의미가 아닙니다. 자고 싶으면 자고, 먹고 싶으면 먹고, 다리가 아프면 다리를 뻗고 하듯이 그때 그때 일어나는 욕구대로 행동하는 것이 아닙니다. 욕망이 문제가 되는 까닭은 또 다른 욕망을 불러오기 때문입니다. 욕망은 끝없이 거듭하여 새로운 욕망을 낳습니다. 어떤 그럴싸한 이유와 명분을 내세워도 욕망을 충족시키려고 들면 결국 욕망의 노예가 될 따름입니다.

불교에서 말하는 자유는, 언제나 성성하게 깨어 있으면서 욕망의 실체를 잘 파악하여 적절하게 다스릴 때에 비로소 얻을 수 있습니다. 욕망을 다스리는 방법은 욕망을 포기하거나 정화시키거나 주체적으로 조절하는 데에 있습니다. 그렇게 되면, 욕망으로 말미암아 불만이 생기거나 짜증이 일어나거나 하지 않습니다.

지금 이 순간에 졸리고, 더워서 짜증스럽고, 자고 싶고, 목욕을 하고 싶고 한 것은 욕망이며 갈망입니다. 매우 인간적이고 매우 현실적인 갈망이긴 합니다. 그러나 이런 갈망을 본능에 맡겨 따르다 보면 끝없는 갈증의 연속과 재생산이 있을 뿐입니다. 그렇게 해서는 결코 욕망으로 인한 불만과 부자유가 해결되지 않습니다. 그 갈망을 따라 행동하는 바로 그 순간은 자유로워진 듯이 느껴지지만 그것은 순간일 뿐 오히려 욕망으로부터 자유로워지기는커녕 욕망의 노예가 되어 전전하게 될 따름입니다. 잠을 자고 나면 곧바로 또 다른 갈망이 생기고, 목욕을 하고 나면 또 다른 욕구가 뒤따라 일어납니다. 그래서 끝없이 갈망과 욕망에 끌려 다니는, 욕망의 노예 상태에서 영원히 벗어날 수 없게 됩니다.

졸리니까 자고 싶다는 욕망, 더위에서 벗어나고 싶다는 갈망 자체를 다스려야 합니다. 자기 의지로써, 자기가 주인이 되어 그 욕망과 갈망을 조절할 수 있는 힘을 길러야 합니다. 졸음과 더위에서 오는 짜증으로부터 근원적으로 자유로워질 수 있는 힘을 길러야 합니다. 그러지 않고, 욕망을 좇아 다니면, 결국 욕망의 노예로 살아갈 수밖에 없고 중생살이를 되풀이할 수밖에 없습니다.

자기 자신을 끊임없이 성찰하고 잘 다스리며 사는 것이 곧 수행자의 태도임을 모두 명심해야 할 터입니다.

1. 부처님의 생애, 어떻게 볼 것인가

탄생誕生, 발심發心, 출가出家, 성도成道, 전법傳法, 열반涅槃 등은 부처님 생애의 특별하고 중요한 사건들입니다. 탁월한 안목을 지닌 종교 지도자들이 부처님의 생애를 다룬 자료들을 보면 몇 가지 공통점이 있습니다. 잘 아는 대로 부처님의 탄생에 대해 매우 감동적이고 감격스럽게 찬탄하고 있습니다. 이를테면, 부처님이 태어나자 "온 천지가 진동했다, 삼라 만상이 너울너울 춤을 췄다, 모든 생명이 환희 용약했다, 눈먼 자가 눈을 뜨고 앉은뱅이가 걸어갔다"는 표현들이 있습니다. 또, "어둠의 역사가 청산되고 광명의 역사가 시작되었다, 미혹의 역사가 청산되고 깨달음의 역사가 시작되었다, 고통의 역사가 청산되고 행복의 역사가 시작되었다, 속박의 역사가 청산되고 자유의 역사가 시작되었다, 불완전의 역사가 청산되고 완성의 역사가 시작되었다" 등 참으로 대단하게 찬탄하고 있습니다. 때로는 천지가 개벽했다, 신천지가 열렸다, 절망에서 희망으로, 싸움에서 평화로, 죽음에서 영원한 삶으로, 암흑에서 광명으로의 길을 찾았다고 표현하기도 합니다. 대부분의 경전들이 부처님의 탄생에 대한 찬탄의 내용을 공통적으로 갖고 있습니다.

이런 것을 어떻게 이해하고 받아들여야 할까요?

제가 승려로 살아온 지가 삼십여 년이 훨씬 넘었지만, 찬탄으로 일관된 부처님의 생애에 대한 기록을 보면서 과연 이것이 무엇을 의미하는가, 너무 과장되지 않았는가, 비현실적인 이야기가 아닌가 하는 생각을 많이 했습니다. 그리고 현대 교육을 받고 이성주의의 입장에서 합리적으로 불교 문헌을 다루는 현대 불교학자들도, 아마 저와 비슷한 생각에서인지, 부처님의 생애에서 이 부분을 소홀히 다루는 경향이 있습니다. 신화적인 이야기, 설화적인 이야기, 전설적인 이야기 들은 모두 다 떼어내버린 경우가 많습니다. 대부분 우리의 상식으로 이해하고 받아들일 수 있는 것만 가지고 부처님의 생애를 이야기합니다. 그런데, 현대 학자들이 비록 광범위한 자료를 섭렵할 수 있는 유리함은 있겠지만, 부처님의 가르침을 정확하게 파악하는 종교적인 안목과 체험의 측면에서는 도저히 옛 스님들을 따라갈 수 없다고 봅니다.

그렇다면 도대체 옛 스님들은 왜 비현실적인 이야기로 받아들일 수밖에 없는 표현을 하였을까 하고 고민했습니다. 오랜 세월 동안 이리저리 모색하고 고민해 오던 끝에 마침내 생각이 달라졌습니다. 옛 스님들이 결코 허황된 이야기를 한 것이 아니다, 여기에는 우리가 놓쳐서는 안 될, 간과해서는 안 될 큰 의미가 담겨 있음에 대해 새롭게 눈을 뜬 것입니다.

일반적으로 생각하기에, 부처님이 탄생함으로써 불행의 역사가 청산되고 행복의 역사가 시작되었다, 암흑의 역사가 청산되고 광명의 역사가 시작되었다고 한 것이 만일 사실이라면, 부처님이 태어난 이후의 역사는 불행의 역사가 청산된 행복의 역사여야 하지 않겠는가, 미혹의 역사가 청산된 깨달음의 역사가 되어야 하지 않겠는가, 어둠의 역사가 청산된 밝음의 역사가 되어야 하지 않겠는가 하는 의아심이 듭니다. 실제로 부처님이 탄생한 뒤로 오늘날까지의 역사는 결코 깨달음의 역사도, 광명의 역사도, 행복의 역사도 아닙니다. 그렇다면 옛 스님들의 말씀은 틀린 것이 아닌가, 현실과는 동떨어진 이야기가 아닌가 하고 문제 제기를 하는 것이 당연합니다.

그런데 그것은 우리의 얕은 소견일 따름입니다. 옛 스님들의 견해와 표현을 진실로 받아들여야 합니다. 무슨 말인가 하면, 부처님의 가르침을 근본으로 하여 부처님이 가르친 방식으로 사고하고 행동하면 그 삶은 바로 깨달음의 삶으로 전환된다는 뜻입니다. 부처님의 가르침에 입각한 사고와 언어와 행동이 생활 속에서 그대로 실천되는 사회라면, 그 사회는 어둠에서 광명으로, 속박에서 대자유로 전환된다는 이야기입니다.

부처님의 가르침은 연기법緣起法입니다. 연기법은 존재의 참 모습으로서, 모든 존재가 한 뿌리로 얽혀 있어 서로 관련되어 있다는 것입니다. 부처님이 이 연기법을 발견함으로써 비로소 삶의 문제를 근원적으로 해결하는 길이 열린 것입니다. 부처님이 탄생하기 이전에는 그 누구도 어둠을 밝음으로, 불행을 행복으로, 속박을 대자유로 전환시킬 수 있는 길과 방법을 제시하지 못했습니다. 부처님이 출현함으로써 비로소 미혹을 청산하고 깨달음으로 나아가는 길이, 어둠을 청산하고 밝음으로 나아가는 길이, 불행을 청산하고 행복으로 나아가는 길이, 속박을 청산하고 대자유로 나아가는 길이 인류 역사에 제시된 것입니다.

이것은 굉장한 사건입니다. 천지가 진동하고도 남을 만한 일대 사건입니다. 산천 초목이 너울너울 춤을 추고도 남을 만큼 대단히 감격스러운 일입니다. 옛 스님들은, 그렇기 때문에 부처님이 역사 속에 등장한 가치를 그렇게 높고 아름답게 새긴 것입니다. 부처님이 역사에 출현함으로써 우리의 역사가 새로운 활로를 개척하게 되었다고 본 것입니다. 우리의 역사가 절망에서 희망으로 전환할 수 있는 새로운 방향과 길을 찾았다고 한 것입니다. 그러므로 부처님의 탄생은 이 세상의 온갖 미사 여구를 다 동원하여 아무리 찬탄하여도 넘치지 않는다고 할 수 있습니다.

서두에서 이 이야기를 하는 까닭은 적어도 불교 수행자라면 주체적인 문제 의식, 주체적인 자기 고민을 가지고 공부하고 닦아 나가야 합니다.

다른 학자들이 하는 이야기를 생각 없이 따르기만 하는 안일한 태도를 가져서는 안 된다는 것을 말하고 싶어서입니다. 경전을 공부하든 참선 수행을 하든 부처님의 생애를 공부하든 수행자다운 철저한 문제 의식을 가지고 해답을 얻을 때까지 끝까지 의심하고 고민하는 성실함과 치열함이 있어야 한다는 의미입니다.

사실 부처님은 인생에 희망이 없다고 했습니다. 여러분은 지금 인생의 희망을 걸고 부처님을 찾아왔는데, 부처님이 인생에 희망이 없다고 말했다고 하면 저것이 무슨 뚱딴지 같은 소리인가 싶을 것입니다. 부처님은 분명 인생에는 희망이 없다고 했습니다. 부처님은 인간의 역사, 중생의 역사, 중생의 삶, 인간의 삶을 "일체개고一切皆苦"라고 선언했습니다. "중생의 삶은 온통 고통 덩어리다"라고 말입니다. 고통 덩어리라는 말은 문제 덩어리라는 말입니다. 단순히 두들겨 맞고, 배고프고, 추운 것만을 뜻하지 않습니다. 부처님은 또 인생을 "삼계화택三界火宅"이라고도 하였습니다. 중생이 살고 있는 이 세계, 중생들이 이어 가고 있는 이 역사를 "불난 집 속"과 같다고 단언했습니다. 불난 집 속에서 더 많이 가진 사람이든 덜 가진 사람이든, 지식이 있는 사람이든 없는 사람이든 어떻게 행복을 누릴 것이며 무슨 희망이 있겠습니까?

그런 반면에 부처님은 또 "인생에는 희망이 있다"고도 하였습니다. 인생은 "일체개고 삼계화택"이라고 단언해 놓고, 다른 한편으로는 인생은 희망이 있다고 한 것입니다. 그것이 무엇이겠습니까? 그렇습니다. 깨달음, 곧, 부처가 될 수 있다는 이야기입니다. 일체 중생이 다 깨달을 수 있고, 해탈할 수 있다는 것입니다.

이 두 가지가 부처님이 깨닫고 나서 우리에게 제시한 선언입니다. 하나는 "희망이 없다"는 것이고, 다른 하나는 "희망이 있다"는 것입니다.

이 모순된 두 가지 선언을 어떻게 받아들여야 할까요? 한 사람을 놓고 희망이 있다고도, 또 희망이 없다고도 하였습니다. 참으로 큰 모순입니다. 두 사람이 있어 이 사람에게는 희망이 있고, 저 사람에게는 희망이 없다고 한 것이 아닙니다. 한 사람을 놓고 희망이 있다고, 또 희망이 없다고 하였습니다. 어떻게 하면 희망이 있고, 어떻게 하면 희망이 없다는 것입니까?

대답은 간단합니다. 바로 존재의 진실에 눈을 떠야 합니다. 직면한 현재의 실상이 연기 무아無我의 존재임을 보아야 합니다. 연기의 세계관과 무아의 철학으로 삶을 가꾸어야 한다는 뜻입니다.

앞에서 부처님의 탄생을 찬탄한 것에 대한 설명과 같은 이야기입니다. 부처님의 가르침대로 사고하고 말하고 행동하면 인생에는 확실히 희망이 있습니다. 부처가 될 수 있습니다. 그러나 부처님의 가르침과 반대로 사고하고 말하고 행동하는 한, 아무리 노력해도 인생에는 희망이 없습니다. 고통과 문제의 재생산이 이어질 뿐입니다. 불타는 집에 부채질하는 것일 뿐이며, 한 걸음도 앞으로 나아갈 수가 없습니다. 개인 소득이 몇만 달러가 되고, 모든 것이 자동화되고, 우리가 소유하고 싶은 대로 마음껏 소유하여 풍요를 누리고, 최첨단의 과학 덕분에 심지어 생명을 복제하고 온 우주를 마음대로 휘젓고 다닌다 하여도, 미혹의 재생산, 고통의 재생산, 모순의 재생산, 윤회의 재생산이 있을 따름입니다. 부처님의 가르침대로 사고하고 말하고 행동할 때에만 "불난 집"을 청산하고 고통을 끊어 버릴 수 있는, 우리가 진정으로 염원하는 광명의 역사, 평화의 역사, 행복의 역사를 실현할 수 있다는 것입니다.

이것을 반야심경에서는 "조견오온개공 도일체고액照見五蘊皆空 度一切苦厄"이라고 하였습니다.

"오온이 텅 비어 있음을 통찰하고 체험하면 일체의 고난과 액난으로

부터 해탈하게 된다"라는 말입니다. 일반적으로 잘 알고 있는 바와 같이 "오온개공"이란 "지금 여기 자신의 존재가 연기 무아의 존재"임을, 또는 "직면한 현실의 실상이 연기 무아임"을 뜻합니다. 연기 무아로 표현되고 있는 존재의 실상에는 본디 고난과 액난이 존재하지 않습니다. 고난과 액난이란 진실에 대한 무지요, 집착으로 비롯된 현상인 만큼 존재의 실상이 연기 무아임을 통찰하고 체험하면 저절로 해탈하게 되는 것은 필연적인 진리입니다.

반야심경을 아침 저녁으로 귀가 따갑도록, 입이 닳도록 외면서도 반야심경의 정신이 구체적으로 우리의 사고와 언어와 행동에 반영되지 않음을 많이 봅니다. 겉모습은 수행자의 모습인데, 들여다보면 오히려 더 권위적이고 더 배타적이고 더 이기적이고 더 자기 중심적이고 더 독선적입니다. 있을 수 없는 일입니다.

사실 연기법의 안목으로 보면, 이 세상 그 무엇도 분리되어 독립된 것은 존재하지 않습니다. 불가사의라고밖에는 달리 표현할 수 없는, 중중무진한 연기법의 사상인, 무아의 정신으로 사고하고 말하고 행동하는 것이 수행입니다. "조견오온개공"을 실천하는 길은 바로 연기법의 세계관에 입각한 무아의 정신으로 사고하고 말하고 행동하는 것입니다. 무아의 정신으로 사고하고 말하고 행동하면 일체의 고통과 액난이 저절로 사라집니다. 일체의 고통과 액난으로부터 해탈하게 됩니다.

서로 의지하고 서로 돕고 서로 함께하는 길인, 연기법의 사상과 정신으로 살아가면 우리의 삶과 인류의 역사는 무한한 희망을 갖게 됩니다. 곧, 붇타는 고통이 소멸된 세상, 문제가 없는 삶을 살게 되는 것입니다.

2. 왜 부처님의 생애를 공부해야 하는가

오늘날 한국 불교는 스스로 많은 모순을 낳고 또 안고 있습니다. 대단한 자신감과 넘치는 환희심을 갖고 살아가야 할 수행자가 그러지 못하고 방황하고 갈등하고 회의하고 있습니다.

이유가 무엇일까요? 부처님을 잘못 알고 부처님을 잘못 믿은 결과입니다. 사실 불교는 부처님이 전부입니다. 그런데 불행하게도 한국 불교는 불교의 전부인 부처님을 소홀히 해 왔습니다. 지금 출발선에 서 있는 여러분은 이 점을 명심해야 합니다. 부처님을 모르고는 불교를 올바르게 알 수가 없습니다. 부처님을 잘 모르고는 수행을 제대로 할 수가 없습니다.

왜냐 하면, 첫째로, 부처님은 불교 사상과 정신의 뿌리이기 때문입니다.

부처님의 사상과 정신 그리고 부처님의 인격과 삶의 자취, 이것이 불교의 전부입니다. 부처님의 삶의 내용을 언어로 정리해서 가르치는 것이 불교이고, 주제별로 정리해 놓은 것이 경전입니다. 부처님이라고 하는 한 인격체의 삶 속에 담겨 있는 화엄적 요소를 정리하여 체계를 세워 놓은 것이 화엄경, 금강의 요소를 정리하여 체계를 세워 놓은 것이 금강경, 반야의 요소를 정리하여 체계를 세워 놓은 것이 반야경입니다. 모든 불교 경전의 원료는 바로 부처님입니다.

불교를 올바르게 알고, 불교를 쉽게 이해하고, 불교를 바람직하게 접근하는 방법이 딱 하나 있습니다. 바로 부처님을 제대로 파악하고, 제대로 이해하는 길입니다. 그런데 그 동안 한국 불교는 그것을 너무 소홀히 여겨 왔습니다. 그저 참선만 열심히 하면 된다, 화두만 들면 된다 하며 부처님을 제대로 알려고 하지 않습니다. 모든 불교의 원료인 부처님을 소홀히 하면서 바람직한 수행을 이루기를 바라는 것은 어리석은 일입니다. 화엄경, 금강경, 능엄경, 기신론, 천수경, 반야심경을 이루고 있는 원료가, 강원에서 배우는 치문과 서장의 원료가, 선방에서 배우고 익히는 선사 어록과 화두의 원료가 모두 부처님에게서 흘러나왔습니다. 화두가 되었든 염불이 되었든 다라니가 되었든 진언이 되었든 계율이 되었든 무엇이 되었든 불교의 원료는 부처님입니다. 모든 불교의 사상과 정신의 원료가 부처님이기 때문에 부처님을 모르고서는 불교를 올바르게 알거나 올바르게 수행할 수가 없습니다. 부처님이 바로 모든 불교의 사상과 정신의 뿌리이며 생명의 원천이기 때문입니다. 우리가 부처님의 생애를 공부해야 하는 까닭이 여기에 있습니다.

둘째로, 부처님은 수행자가 본받아야 할 최고의 수행자상이며 인간상이기 때문입니다.

부처님은 우리가 본받아야 할, 그리고 반드시 실현해야 할 최고의 수행자상입니다. 우리가 본받아야 할 수행자의 모습은 달마스님도 아니고 원효스님도 아니고 경허스님도 아닙니다. 불교 역사, 또는 인류 역사 속에서 최고의 수행자인 부처님을 본받아야 한다는 것에는 이론의 여지가 있을 수 없습니다. 한편, 수행자로서뿐만 아니라 한 인간으로서도 우리가 실현해야 할 최고의 인간상 또한 부처님에게서 찾아야 합니다. 우리가 본받고 실현해야 할 인간의 모습은 그 누구도 아닌 바로 부처님입니다. 출가 수행자와 불교를 믿고 공부하는 우리 모두가 본받아야 할 수행자상이자 인간상이 바로 부처님인 까닭에 우리는 부처님의 생애를 공부하는 것입니다.

다시 강조하건대, 부처님의 생애가 불교의 전부이고 수행의 전부입니다. 이것을 꼭 명심하십시오.

앞으로 계를 받고 나면 여러분은 강원에도 가고 선방에도 가고, 또 여기에도 살고 저기에도 살게 될 것입니다. 그러면서 선방에 가면 선방 이야기를 듣게 되고, 강원에 가면 강원 이야기를 듣게 됩니다. 이 스님 만나면 이 스님 이야기를 듣고, 저 스님 만나면 저 스님 이야기를 듣는 가운데 대단히 혼란스러운 과정을 겪을 것입니다. 불행하고 가슴 아픈 일이지만 그것이 한국 불교의 현실입니다.

그러면 어떻게 해야 하겠습니까? 이렇게 혼란스럽고 종잡을 수 없을 때일수록 우리는 부처님에게 의지하여 문제를 풀어 가야 합니다. 부처님에게서 해답을 찾아야 합니다. 다시 말해 부처님의 가르침을 따라서 가야 한다는 것입니다. 부처님의 방식으로 가려면, 말할 것도 없이, 부처님이 어떻게 생겼는지 어떻게 살았는지 무엇을 생각하고 고민했는지 무엇을 최고의 가치로 삼았는지부터 알아야 합니다.

부처님은 결코 엄숙주의나 정숙주의에 기울지 않았습니다. 오로지 중중무진한 총체적 관계성의 진리인 연기법의 정신에 입각하여 균형과 조화의 삶을 살아간 분입니다. 연기법의 사상과 무아의 정신이 인격화된 분이 부처님입니다. 달리 말하면, 부처님은 존재의 실상인 연기법의 이치를 통찰한 지혜와 무아의 정신인 동체 대비同體大悲를 온전히 실현한 분입니다. 부처님은 존재의 실상인 연기법을 깨달았고, 그 사상과 정신을 당신의 삶으로 구체화시켰습니다. 그것을 우리는 보통 지혜와 자비의 삶이라고 합니다.

한국 불교의 현실은 무척 혼란스럽습니다. 많은 사람이 갈피를 잡지 못하여 갈팡질팡하고 있습니다. 현실이 그러면 그럴수록, 우리는 근본에서 길을 찾아야 합니다. 다시 말해, 불교의 뿌리인 부처님에게서부터 시작해야 합니다. 사실을 알고 보면 부처님은 흔히 생각하듯이 그렇게 어려운 분이 아닙니다. 부처님은 오히려 매우 인간적이며, 교양과 지성을 갖춘 인물입니다. 부처님을 잘 파악하여 제대로 알고, 부처님 식으로 문제를 다루려고 할 때 우리가 찾으려고 하는 길이 그 곳에 있음을 발견하게 됩니다.

우리가 부처님의 생애를 공부하는 까닭이 바로 여기에 있습니다. 한마디로 말해 불교를 바르게, 쉽게, 바람직하게 공부하고 수행을 올바르게 잘하기 위해서입니다. 우리가 부처님의 생애를 무엇보다도 중요하게 여겨야 하는 까닭이 여기에 있습니다.

3. 수행자의 기본 자세

수행자는 어떤 상황에서도 인내할 수 있는 힘을 길러야 합니다. 어떤 이유 앞에서든 인내하는 힘을 길러야 합니다. 아무리 화낼 수밖에 없는 상황이라 하여도, 화를 내는 것이 당연하다 싶은 상황이라 하여도 화내지 않고 참는 것이 인내입니다. 참고 참은 끝에 어쩔 수 없이 화를 냈다 하여도 그것은 이미 인내가 아닙니다. 무조건 인내하여야 합니다. 인내의 힘이 곧 수행자의 힘입니다.

수행자는 온 천하를 다 품을 수 있을 만큼 너그러워야 합니다. 가슴이 넉넉해야 합니다. 수행자는 옹졸하거나 편협해서는 안 됩니다. 수행자를 두고 "출격 대장부"라는 표현을 즐겨 씁니다. 대장부라고 하면 온 천하를 끌어안는 넉넉한 가슴이 있어야 합니다. 보통 사람일지라도 편협하고 옹졸한 것은 꼴불견입니다. 하물며 부처님을 따르는 수행자는 말할 것도 없습니다.

수행자는 대접받는 사람이 아니라 모든 사람을 대접하는 사람입니다. 그러므로 마땅히 겸손해야 합니다. 수행자는 자신이 대접받기 위해 수행하는 것이 아니라, 모든 살아 있는 것들이 그 존귀한 가치를 존중받고 보호받을 수 있게 하려고 수행하는 것입니다. 결단코 자기 자신을 위해 수행하는 것이 아닙니다. 온 세상을 끌어안을 만한 너그러움과 함께, 온 세상을 존중할 수 있는 지극한 자기 겸허함이 필요합니다.

수행자는 또한 헌신적이어야 합니다. 늘 헌신하며 살아야 합니다. 헌신적이지 않은 사람은 수행자가 아닙니다. 부처님을 위해, 대중을 위해, 도량을 위해, 이웃을 위해, 불교를 위해, 세상을 위해, 역사를 위해 헌신적이어야 합니다.

이런 것들이 수행자의 일상적인 사고, 언어, 행동으로 자리잡아야 합니다. 그래야 수행이 됩니다. 그래야 안정을 이루고 평정이 유지됩니다. 안정을 이루고 평정을 유지해야만, 화두도 들 수 있고 염불도 잘할 수 있습니다. 격정에 휘말려 분노와 증오가 부글부글 끓고 있는데 어떻게 화두를 들고 있을 수 있겠습니까? 분노와 증오는 편협한 데에서 오고 이기적인 데에서 비롯됩니다. 수행자는 결코 자기 중심적이거나 이기적이어서는 안 됩니다. 이기적이고, 배타적이고, 독선적이고, 편협하고, 권위주의적인 데에서 분노와 증오가 생깁니다. 천하를 감쌀 만한 넉넉함으로 모든 존재가 그 존귀함을 존중받고 보호받게 하기 위해 힘쓰고, 나 아닌 이웃과 대중과 법法을 위해 헌신하고 노력하는데 어떻게 분노가 일어나고 증오가 생기겠습니까?

인내하는 힘, 너그러운 가슴, 겸손함, 헌신적인 태도, 부지런함, 이러한 것들이 수행자의 삶의 기본 바탕이 되어야 합니다. 그것은 마치 토양과 같습니다. 토양이 건강하고 기름져야 아름다운 꽃이 피고 먹음직스러운 열매가 열립니다. 마찬가지로 수행자의 삶도 기본 바탕이 되는 토양을 비옥하게 가꾸어야 수행의 꽃이 아름답게 피어납니다. 아무쪼록 이 점을 염두에 두어 스스로 일대 전환을 이루고 훌륭한 수행자가 되기를 바랍니다.

2강

4. 준비하는 과정이 바로 수행이다

등산을 할 때에 헤매지 않고 안전하게 등산하려면 먼저 준비를 잘 해야 합니다. 사전 준비를 얼마만큼 제대로 했느냐에 따라 등산의 성패가 좌우됩니다. 어쩌면 준비하는 것 자체가 등산의 모든 것이라고 해도 지나치지 않을 것입니다. 지도도 필요하고, 양식도 필요하고, 도구도 필요하고, 체력도 필요합니다. 이런 여러 가지를 제대로만 준비한다면 등산은 성공하게 마련입니다. 그만큼 준비가 중요합니다.

수행의 길을 가는 데에도 준비하는 과정 자체가 수행의 모든 것이라고 할 만큼 잘 준비하는 일이 중요합니다. 지금 수행의 길을 가기 위해 준비하고 있는 여러분은, 참으로 중요한 때에 서 있습니다. 지금 이 시간에 충실해야 합니다. 지금 준비하는 일을 대충대충 하면서 뒤에 선방에 가서 제대로 해야지, 강원에 가서 열심히 잘 해야지 한다면, 이것은 현실적으로 잘못된 생각입니다. 지금 여기에 충실하지 않으면서 다음에 다른 데에서 충실히 하겠다는 것은 자기 기만일 뿐입니다. 그런 생각은 불교적으로도 옳지 않습니다.

우리의 모델은 부처님입니다. 부처님이 어떻게 생각하고 말하고 행동했는지, 무엇을 중요하게 여겼는지, 심지어는 사소한 일상의 모습은 어떠했는지까지, 부처님의 삶에서 기준을 찾고 길을 찾고 교훈을 얻어야 합니다.

부처님을 따르겠다는 출가의 길은 한 인간이 태어나 선택할 수 있는 최고의 길임에 틀림이 없습니다. 최고의 스승, 최고의 가르침을 따르며 최고의 이상과 가치를 실현하는 길이므로 출가 수행의 길은 확실히 인생을 걸 만한 길입니다. 대단한 자부심과 긍지를 가질 만한 길입니다. 그러나 긍지와 자부심이란 자기 혼자 갖는다고 되는 것이 아닙니다. 최고의 길에 걸맞은 내용이 있어야 합니다. 그 자부심과 긍지는 다른 이들이 공감하고 수긍할 때 참된 것입니다.

끼리끼리 서로 인정해 주는 것은 의미가 없습니다. 과연 수행자답다고, 그 내용이 알차다고 사회 대중들에게서 인정받아야 합니다. 따라서 바로 지금 이 순간부터 수행의 먼길을 차질 없이 잘 갈 수 있도록 철저하게 준비해야 합니다.

저는 사실 선방에 가면 선방에서 비판받고 강원에 가면 강원에서 비판받고, 오면가면 자주 비난받는 사람입니다. 그것은 아마도 오늘의 한국불교에 대해 비판하고 반성할 점을 지적하며 끊임없이 문제를 제기하는 탓일 것입니다.

부처님이 뜻한 불교, 부처님의 가르침 속에 담겨 있는 사상과 정신들이 오늘날 많이 변질되고 왜곡되고 세속화되고 있음을 봅니다. 그렇기 때문에 우리 승가僧伽는 스스로에 대한 자기 반성과 변화하기 위한 자기 비판에 한층 더 철저하고 냉철해지지 않으면 안 됩니다. 물론 그것은 힘들고 가슴 아픈 일입니다. 그러나 선방도, 강원도, 그 누구도 자기 반성과 자기 비판으로부터 자유롭지 못한 것이 현실입니다. 제 살을 깎는 듯한 치열한 반성과 냉정한 자기 비판이 절실히 필요합니다.

그리고 우리 승가는 많은 것을 포기해야 합니다. 특히 이른바 기득권이라는 것을 포기해야 합니다. 솔직히 나를 위시하여 수행자 개인의 인격과 지성과 삶의 내용들은 특별할 것이 없습니다. 그런데 다만 부처님의 제자라고 해서, 삭발 염의削髮染衣를 한, 곧, 머리 깎고 먹물 옷을 입은 수행자라는 이유만으로 특별히 존경받고 대접받곤 합니다. 정작 존경받을 만한 수행 내용도 없이 대접만 받고 있는 것입니다. 사람들에게서 흠모와 존경을 살 수 있는 인격과 지성과 삶의 내용이 있어서 대접받으면 그것은 당연한 일일 터입니다. 그러나, 부끄럽게도, 그렇지 못하면서 출가 수행자라는 기득권 하나로써 대접을 받고 있으니 문제가 되는 것입니다. 머리 깎은 것도, 승복 입은 것도, 절에 사는 것도 모두 특권으로 작용합니다. 그 안을 들여다보면 특별할 것이 없는데도 극진한 대접을 받는 경우가 허다합니다.

지금의 한국 불교가 심히 걱정스러운 것이 바로 이 점입니다. 너나없이 모두가 허울만으로 기득권을 누리며, 대접받기에 길들여진 채로 안주하고 타성화되어 있습니다. 그저 너도 나도 안일하게 누리려고만 합니다. 대접받으려고만 할 뿐 대접받기에 걸맞은 내용을 갖추는 일에는 소홀합니다. 이것은 있을 수 없는 일이건만, 우리의 현실이 그렇습니다. 우리는 자기 기만과 위선에 빠져 있습니다. 참으로 냉철한 자기 반성과 자기 비판의 새로운 모색이 필요합니다. 정말 피눈물 나게 공부해야 합니다. 관행화된 기성의 틀을 과감히 깨뜨리고 개혁하지 않는 한 우리는 수행자로서 떳떳해질 수가 없습니다.

제가 이런 뼈아픈 이야기를 줄기차게 하다 보니 여기 와도 비난받고 저기 가도 비난받습니다. 하지만, 출가 수행의 참뜻을 새기면, 또 한국 불교의 현실과 앞날을 생각하면, 우리는 어떤 비난과 욕도 또 때로는 가슴 쓰라린 아픔도 달게 감수하면서 끊임없이 자기 비판과 자기 반성의 소리를 높여야 할 것입니다. 힘들고 괴롭고 때로는 가슴 아프기도 하지만, 끊임없는 자기 반성과 자기 비판의 서슬을 놓지 않아야, 출가한 본디의 뜻을 그나마 덜 잃게 됩니다.

부처님 당시의 이야기입니다.

부처님의 아들 라훌라 존자가 부처님을 찾아와 “세존이시여, 제가 일생 동안 기억하고 살아갈 수 있는 가르침을 저에게 주십시오. 저도 조용한 곳에 가서 수행하고 싶습니다” 하고 간청하였다. 부처님이 라훌라의 상태를 가만히 관찰하고 대화를 건네면서 확인해 보니, 아직은 조용한 곳에 가서 혼자 수행할 수 있을 만큼 준비가 되어 있지 않아 보였다. 그래서 그 때부터 라훌라와 이런 대화를 나누었다.

“네가 다른 사람을 상대로 삼법인三法印에 대해 설명을 해 본 적이 있느냐?”

“그런 적이 없습니다.”

“그럼, 오늘부터 다른 사람들에게 삼법인을 설명해 주도록 하거라.”

삼법인은 제행무상諸行無常, 일체개고一切皆苦, 제법무아諸法無我의 세 가지를 말합니다. (후대에 오면서 조금 변형되어 열반적정涅槃寂靜을 넣기도 합니다.) 불교인들에게는 매우 상식적이지만 삼법인에 대한 설명을 좀 해야겠습니다. 잘 알다시피 삼법인이란 부처님께서 깨달은 진리인 연기법을 체계화한 불교의 교리입니다. “형성된 것은 끊임없이 변화하고(제행무상), 일체가 모두 고통이며(일체개고), 모든 존재는 독립된 자아가 없다(제법무아)”라는 뜻입니다. 삼법인은 불교의 이름이자 얼굴입니다. 삼법인은 불교인지 아닌지를 판단하는 잣대입니다. 참선을 하든 염불을 하든 경전 공부를 하든 삼법인의 사상과 정신에 맞으면 불교이지만, 맞지 않으면 이미 그것은 불교가 아닙니다.

그리하여 라훌라는 사람들에게 삼법인에 대해 설명을 하게 되었습니다. 삼법인에 대해 설명하려면 자기 준비가 있어야 하겠지요. 그 때에는 책이 없던 때입니다. 스스로 직접 듣고 정리한 것을 가지고 설명해야 했습니다. 라훌라는 선배 스님들을 찾아 다니면서 듣기도 하고, 자기가 법문 들은 기억을 더듬어 가며 나름대로 정리해서 사람들에게 삼법인을 설명했습니다. 그런 뒤에 부처님 앞에 나아가 여쭈었습니다.

> "세존이시여, 세존이 시킨 대로 삼법인을 설명했습니다."
> 그러자 부처님이 다시 물었다.
> "사성제四聖諦를 설명해 본 적이 있느냐?"
> "그런 적이 없습니다."
> "그러면 오늘부터는 사성제에 대해 설명하도록 하여라."
> 이와 같은 수련 과정을 거친 다음에야 비로소 부처님은 "이제 네가 수행을 해도 되겠다. 지금부터는 조용한 곳에 가서 자리를 잡고 수행을 하도록 하여라" 하며 라훌라를 보냈다.

이 부분은 상당히 중요한 의미를 담고 있습니다. 우리가 크게 주목해야 할 내용입니다. 수행한다는 명분으로 무턱대고 선방에 간다고 해서 되는 것이 아닙니다. 수행을 하기 위해서는 많은 준비가 필요합니다. 의욕만 앞세워 선방에 앉아 있고 목탁 치고 염불한다고 해서 수행이 되는 것이 아닙니다. 그런데 요즈음의 수행 풍토는 갈 길을 제대로 찾아갈 수 있는 눈을 제대로 갖추지 않은 사람들에게 막무가내로 빨리 가기를 요구합니다. 빨리 가라, 더 올라가라, 더 올라가라 하며 말입니다. 그래서 멋모르고 가긴 가는데, 가다 보면 헤매게 되고 함정에 빠지게 되고 유혹에 빠져들게 됩니다. 많은 시행 착오를 거칠뿐더러 향상되어 가기보다는 오히려 반대의 결과를 가져오는 일이 허다합니다. 그렇기 때문에 준비를 잘해야 한다고 강조하는 것입니다.

부처님의 사상과 정신에 대한 올바른 인식이 토대를 이루지 않고서는 수행이 온전히 이루어질 수가 없습니다. 지금 부처님의 생애를 이야기하는 이 강의는 수행자의 길을 가는 데에서 무엇을 어떻게 준비해야 할 것인지, 그 방향과 기본적인 틀을 함께 생각해 보고자 하는 것입니다.

5. 왜 부처님의 탄생을 찬탄하는가

앞에서 부처님의 생애와 관련하여 두 가지를 강조하였습니다.

먼저 하나는 부처님의 탄생을 현란하게 찬탄한 까닭이 무엇인가 하는 것입니다. 대답은 명료합니다. 부처님이 탄생함으로써 모순과 혼란을 되풀이하고 미혹과 고통을 재생산하는 윤회의 길을 마침내 청산하고, 깨달음과 해탈의 길이 인류의 역사에서 처음 시작되었기 때문입니다. 부처님이 태어나기 전에도 다양한 가르침과 많은 종교 지도자들이 있었지만, 그 가르침들은 미혹과 고통을 근절시키기는커녕 오히려 미혹과 고통을 재생산할 뿐이었습니다. 그런데 부처님이 탄생하면서 비로소 미혹과 고통을 깨뜨리고 깨달음과 해탈을 실현하는 길이 열리기 시작했습니다. 그런 까닭에 부처님의 탄생을 그토록 현란하게 찬탄한 것입니다.

불교 수행의 기본 틀은 고苦, 집集, 멸滅, 도道의 사성제四聖諦입니다. 사성제의 첫번째인 고성제는 직면한 인생 현실의 고통을 뜻하고, 두번째 집성제는 고통의 발생 원인인 무지와 욕망을 뜻하고, 그 다음 멸성제는 무지와 욕망과 고통이 온전히 소멸한 열반의 상태를 뜻하고, 마지막 도성제는 완전한 해탈의 경지인 멸성제에 도달하는 과정의 길을 뜻합니다. 사성제의 체계로 관찰하면, 부처님의 탄생 이전은 온갖 욕망과 업에 끄달리는 현실의 삶이 고통일 뿐이라는 점에서 고苦와 집集의 역사라고 할 수 있습니다. 한편 부처님이 탄생함으로써 비로소 무지와 욕망의 집착을 타파하여 열반의 세계로 나아가는 멸滅과 도道의 역사가 시작된 것입니다. 덧붙여 설명하면, 절망에서 희망으로, 죽음에서 영원한 삶으로의 길이 열렸음을 의미합니다. 그야말로 천지가 개벽하는 일대 사건이 일어난 것입니다. 모든 미사 여구를 동원하여 찬탄하는 것이 당연한 일이라 할 것입니다.

다른 하나는 왜 우리가 부처님의 생애를 공부해야 하는가 하는 것입니다. 단순화시켜서 세 가지로 정리해 볼 수 있습니다. 먼저 부처님의 생애가 모든 불교 사상과 정신의 근본이며 뿌리이기 때문입니다. 다음은 부처님이 바로 우리가 실현해야 할 최고의 수행자상이며 최고의 인간상이기 때문입니다. 끝으로, 부처님의 생애를 아는 것이 곧 불교를 바르고 쉽게 배우는 길이며 수행을 바람직하게 잘 하는 길이기 때문입니다. 바로 그렇기 때문에 부처님의 생애를 공부하는 일이 무엇보다도 의미 있고 중요한 것입니다.

어느 날 마야 왕비는 기이한 꿈을 꾸었다. 이가 여섯 개인, 눈이 부시도록 흰 코끼리가 왕비의 오른쪽 옆구리로 들어오는 꿈이었다. 그러더니 그 때부터 왕비에게 태기가 있었다. 그 태몽은 아들을 낳게 될 꿈이라고 하여 사람들은 훌륭한 왕자가 태어날 것을 기대하였다. 산월이 가까워지자 마야 왕비는 풍습에 따라 해산을 하기 위해 친정인 콜리 성으로 길을 떠났다. 늦은 봄 화창한 날씨였다.

왕비 일행은 카필라와 콜리의 경계에 이르렀다. 저 멀리 히말라야의 봉우리들이 흰 눈을 이고 우뚝우뚝 장엄하게 솟아 있는 모습이 보이고, 가까이에는 평화로운 룸비니 동산이 있었다. 동산에는 이름 모를 꽃들이 다투어 피고, 뭇 새들은 왕비

일행을 축복하는 듯 지저귀며 날았다. 룸비니 동산의 아름다움에 도취된 일행은 그 곳에서 잠시 쉬어 가기로 했다.

마침 가까운 곳에 보리수 나무인 무우수無憂樹 꽃이 활짝 피어 아름다운 향기를 뿜고 있었다. 왕비는 아름다운 꽃 가지를 만지려고 오른손을 뻗었다. 그 순간 갑자기 산기를 느꼈다. 일행이 곧 나무 아래에 휘장을 쳐 산실을 마련하자마자, 열 달 동안 태 안에 있던 보살이 어머니의 오른쪽 옆구리에서 태어났다.

보살은 태어나자마자 동, 서, 남, 북, 상, 하의 여섯 방위를 향해 각각 일곱 걸음을 걸었다. 그러더니 한 손으로는 하늘을, 다른 한 손으로는 땅을 가리키며, "천상천하 유아독존 삼계개고 아당안지天上天下 唯我獨尊 三界皆苦 我當安之"라고 선언했다.

바로 이 부분입니다. 역대의 무수한 스승들이 입이 마르도록 찬탄해 마지않던, 부처님의 탄생 장면입니다. 존재의 실상, 생명의 실상, 자기 완성의 내용을 잘 보여 주고 있습니다. 그 동안 우리는 자기의 존재 가치에 대해 너무나 무지한 채로 살아왔습니다. 그런 까닭에 우리의 존재 가치는 신의 창조물로, 신에 종속된 존재로, 신에 의해 운명이 좌우되는 피조물로서만 인정되었습니다.

그런데 사실은 그 누구에 의해서가 아니라 존재 자체가 스스로 완성의 존재인 것입니다. 해탈의 존재이며, 영원의 존재이며, 무한의 존재임을 자신의 삶으로 보여 준 분이 부처님입니다. 그래서 옛 사람들은 부처님의 탄생을 찬탄하고 또 찬탄한 것입니다.

6. 부처님과 뭇 중생의 태어남이 어떻게 다른가

여기에서 부처님 탄생을 두고 우리가 생각할 것이 몇 가지가 있습니다. 부처님의 태어남과 우리의 태어남은 어떻게 서로 다른가 하는 것입니다. 어머니, 아버지의 몸을 빌려 태어났다는 것은 같습니다. 그렇지만 근원적으로 다른 점이 있습니다. 우리 가운데 이 세상에 나올 때에 자유 의지를 가지고 온 사람은 없습니다. "어느 때에 어디어디에서 태어나겠다" 하는 자유 의지로 이 세상에 오는 사람은 아무도 없습니다. 그런데 부처님은 자유 의지로 선택하여 태어났습니다.

우리 중생은 자기가 지은 업의 힘인 업력業力에 이끌려 태어나지만, 부처님은 당신이 세운 원력願力의 힘으로 태어났습니다. 이것이 부처님의 탄생과 중생의 태어남이 크게 다른 점입니다. 중생은 업력에 이끌려 태어나기 때문에 주체적인 자유 의지가 힘을 쓰지 못합니다. 반면에 부처님은 원력에 의해 태어났기 때문에 스스로 선택하여 찾아온 것입니다. 현실적으로, 부처가 되기 이전이라 해도, 발심을 하고 발심을 하지 않고에 따라 삶의 내용과 태도에 차이가 있는 것입니다.

부처님은 뭇 생명의 존재 이유를 밝혀 내고 존재 가치를 구현하겠다는 큰 자비의 원력을 일으키고 그 발심에 충실한 내용을 담아 가는 삶의 과정을 거쳤습니다. 곧, 원력에 따른 생을 시작한 것입니다.

다시 말해, 발심을 하면 그 뒤부터는 주체적인 자유 의지의 원력, 곧 큰 자비심으로 이 세상을 구하겠다는 구세 대비求世大悲의 정신을 실천하려고 지속적인 노력을 하게 됩니다. 그리하여 마침내 부처가 되면 자유 자재함을 얻습니다. 그러나 구도의 마음을 내기 이전에는 주체적인 자유 의지가 힘을 쓰지 못합니다. 거의 본능적인 욕망에 따라 맹목적으로 살아갈 뿐입니다. 부처님의 태어남과 중생의 태어남에는 이렇듯이 원력에 의한 태어남과 업력에 의한 태어남이라는 근본적인 차이가 있습니다.

부처님의 탄생의 의미를 잘 파악하면 불교의 생명관이 정리됩니다. 불교에서는 우리를 포함하여 모든 중생이 끝없이 윤회한다고 합니다. 지나온 전생이 있고 다음에 올 내생이 있으며, 인과因果의 법칙에 따라 오고 가고 합니다. 그러므로 인과를 믿어야 합니다. 인과를 인정하지 않으면 불교인이 아닙니다.

불교의 생명관에 따르면, 우리의 생명은 영원히 활동합니다. 무시 무종無始無終, 곧 시작도 없고 끝도 없습니다. 생명이라는 것은 끝없이 활동하고 끝없이 변화합니다. 마치 바다의 파도가 끊임없이 출렁거리는 것처럼 말입니다. 인간의 태어남과 죽음은 시작과 끝이 아닙니다. 무한한 생명의 바다가 출렁거리는 상태입니다. 끝없는 율동입니다. 영원하고 무한한 생명의 바다가 어떤 인연에 의해서 파도로 나타나기도 하고, 파도가 가라앉는 인연이 형성되면 파도가 가라앉는 모습으로 나타나기도 합니다. 파도가 나타나는 것을 태어남이라고 이야기하고, 파도가 가라앉는 것을 죽음이라고 이야기합니다. 생사生死라고 하지만, 사실 바다에서 보면 이것은 나고 죽음이 아니고 다만 움직임일 뿐입니다. 생이라고 하는 움직임과 죽음이라고 하는 움직임, 생이라고 하는 현상과 죽음이라고 하는 현상, 영원한 생명의 바다가 끝없이 움직이며 출렁거리는 현상입니다. 결코 태어나면서 시작되고 죽으면서 끝나는 것이 아닙니다.

싯다르타라고 하는 한 생명의 흐름도 이천육백여 년 전에 처음 시작된 것이 아닙니다. 시작을 알 수 없는 무수한 삶의 과정에서 미혹과 고통이 재생산되는 삶을 계속 살아오다가, 어떤 계기에 의해 미혹과 고통을 끊어 버리고 깨달음과 해탈을 실현하는 새로운 길로 전환하게 된 것입니다. 새로운 전환점을 우리는 발심이라고 합니다. 그 전환을 계기로 미혹과 고통을 끊어 버리고, 깨달음과 해탈을 실현하는 삶을 위해 계속 노력하였습니다. 그것을 우리는 발심 수행, 원력 수행 등과 같은 말로 표현합니다. 부처님은 무수한 생을 살아오는 동안 주체적인 자유 의지로 당신의 삶을 살아갈 수 있는, 곧, 밑뿌리가 튼튼한 선근善根 인연들을 오랫동안 쌓아 왔습니다.

그리하여 당신 스스로 가꾸어 온 선근의 힘과 원력의 힘에 의해 이 세상에 태어난 것입니다. 이것이 우리가 아는 "부처님의 탄생"입니다.

부처님과는 달리 우리는 미혹의 업력에 의해 태어납니다. 업력도 우리 스스로 만드는 것이긴 하지만 자신의 자유 의지에 의한 것은 아닙니다. 자신의 자유 의지는 거의 힘을 쓰지 못합니다. 우리가 이 생에 태어날 때 우리의 자유 의지로 온 것이 아닙니다. 어느 날 문득 보니, 이 지구상에, 또 대한민국이란 땅 안에, 사람의 몸을 받아 이렇게 태어났을 뿐입니다. 어디서 왔는지도 모르고, 왜 왔는지도 모르고, 또 앞으로 어디로 가야 하는지도 모릅니다.

이를테면 이런 예를 들 수가 있습니다.

어떤 사람이 여기에 왔습니다. 그래서 물었습니다.

"당신 어디서 왔소?"

"모릅니다."

"왜 왔소?"

"모릅니다."

"이젠 어디로 갈 거요?"

"모릅니다."

만일 이런 사람이 있다면 우리는 이 사람을 영락없이 바보라고 여길 것입니다. 그런데 사실은 우리도 그 바보 같은 사람과 다를 것이 없습니다. 여기에 태어나기 전에 어디에 있다가 어디에서 왔는지, 왜 왔는지, 무엇 하러 왔는지 도무지 알 길이 없습니다. 그리고 이렇게 살다가 한 칠팔십 년 뒤에는 떠나야 하는데, 또 어디로 가야 하는지, 왜 가야 하는지도 알지 못합니다. 그저 앞뒤가 캄캄하고 오리무중일 뿐입니다. 그런데도 저마다 제가 옳고 제가 잘났다고 큰소리 치고 있습니다. 결국 인간이 이루어 온 역사는 송두리째 눈먼 장님들의 행진인 것입니다. 사뭇 대단해 보이지만 눈먼 장님들의 행진에 지나지 않습니다. 그런 가운데에 서로 제가 잘났다고 싸우고 있는 것입니다.

우리는 그와 같이 자신의 자유 의지가 전혀 힘을 쓰지 못하는, 미혹과 집착의 업력에 의해서 여기까지 끌려왔습니다. 부처님의 태어남과는 근원적으로 다릅니다.

7. 부처님이 태어난 까닭

부처님은 태어나자마자 선언하였습니다.

“천상천하 유아독존 삼계개고 아당안지天上天下 唯我獨尊 三界皆苦 我當安之.”

“천상 천하에 오직 나 홀로 존귀하다. 삼계가 다 고통이니 내가 마땅히 그들을 편안하게 하리라”고 하였습니다. 바로 이것이 부처님이 이 세상에 탄생한 이유이며 목적입니다.

“천상천하 유아독존”이라 함은, 모든 존재가 서로 의지하는 관계의 존재이며 더불어 매우 귀한 존재임을 뜻합니다. 이 사실을 깨닫는 것을 우리는 “지혜”라고 합니다. 또 “삼계개고 아당안지”라 함은, 모든 존재가 서로 의지하는 존재인 까닭에 이 세상의 어떤 고통, 어떤 문제도 나의 고통, 나의 문제가 아닌 것이 없다는 것입니다. 그렇기 때문에 그 아픔과 그 문제를 해결하려고 자기의 온 존재를 바쳐 노력함을 뜻합니다. 이런 마음씀과 이런 실천을 곧 “자비”라고 합니다.

그런데 불행하게도 대부분의 한국 불교인들은 “천상천하 유아독존”만 이야기합니다. 엄밀히 보면, “삼계개고 아당안지”라는 말과 함께 하지 않으면 반쪽 불교, 절름발이 불교가 됩니다. 그뿐 아니라 심지어는 불교를 왜곡시킬 위험이 있습니다. 실제로 부처님의 가르침을 잘 살펴보면 “삼계개고 아당안지”를 더 강조하고 있습니다. “세상이 온통 고통에 신음하고 있으니 내가 마땅히 그들을 편안하게 하리라." 다른 말로 하면 "구세 대비救世大悲"입니다. 곧, 세상을 구제하려는 큰 자비심입니다. 이것은 부처님이 이 세상에 온 목적이기도 하고 불교가 역사에 존재해야 할 가치이기도 합니다. 이것이 아니면 불교는 존재할 필요가 없습니다. 여러분이 출가하여 수행의 길을 걷는 것도 바로 이것 때문입니다.

이 탄생게偈에 담겨 있는 의미가 부처님이 이 세상에 태어난 이유이고 불교가 실현해야 할 궁극의 목적입니다. 불교는 절을 지키기 위해 있는 것이 아닙니다. 스님들을 만들기 위해 있는 것도 아닙니다. 선방을 잘 유지하기 위해 불교가 있는 것은 더더욱 아닙니다. 미혹의 세상을 깨달음의 세상으로, 고통의 세상을 대자유의 세상으로 전환하기 위해 불교는 존재합니다. 부처님 탄생의 참된 의미가 여기에 있습니다.

8. "천상천하 유아독존"에 담긴 세 가지 뜻

불교는 처음도 끝도 연기법의 사고와 논리로 이해하고 설명해야 합니다. "천상천하 유아독존"도 연기의 논리로 해석해야 합니다. "천상천하 유아독존"이라는 말에는 세 가지 큰 의미가 담겨 있습니다.

첫째는 연기적으로 해석하면 "온 우주가 그대로 나 자신이요, 나 자신이 그대로 우주 자체이므로 이 세상 그 무엇도 나 아닌 것이 없다"는 뜻입니다. 온통 나뿐이라는 말이기도 합니다. 다른 한편으로는 태양에 의지해서 내가 존재하듯이 흙, 물, 바람, 산소 등에 의지하여 내가 존재하므로 이 세상 그 어디에도 나 또는 나의 것이라고 주장할 수 있는, 분리되고 독립된 나는 본디부터 존재하지 않는다는 뜻이니, 곧 "무아"를 뜻합니다.

둘째는 "존재의 존귀함"입니다. "천상천하 유아독존"이라는 말은 존재의 본질이 영원하고 무한하고 완성적임을 말해 주고 있습니다. 그 무엇과도 바꿀 수 없고 그 무엇과도 비교할 수 없는, 하나밖에 없는 무한함과 완전함이 온전하게 갖추어져 있는 존재라는 것입니다.

존재의 존귀함은 바로 연기성緣起性입니다. 우리는 모두 다 연기의 존재이고 법의 존재입니다. 그 무엇과도 비교할 수 없고 그 무엇과도 바꿀 수 없습니다. 그것은 그것 자체로 유일한 가치를 지닙니다.

여기에서 이렇게 물을 수도 있을 것입니다. "연기의 존재라면 연기를 벗어났을 때 부처가 되는 것이 아닙니까?"라고 말입니다. 그러나 그 누구도 연기를 벗어날 수는 없습니다. 연기가 진리인데 어떻게 연기를 벗어날 수 있겠습니까? 그러면 또 "무상게無常偈에서, 12연기를 소멸하고 벗어난다고 하지 않았습니까?"라고 다시 물을지도 모릅니다.

무상게에서 이야기하고 있는 것이 연기를 멸滅한다는 것이 아닙니다. 다만 존재의 실상, 곧, 연기법에 대한 미혹과 집착을 여읜다는 것이지, 연기법을 여읜다는 것이 아닙니다. 부처라고 하는 것도 연기의 인격자입니다. 연기법의 인격화인 것입니다. 그래서 연기를 벗어나는 것이 아니라 미혹과 집착을 깨뜨리는 것입니다.

셋째는 "보살행에서 독보적임"을 뜻합니다. "천상천하 유아독존"이라는 말은, 선근 공덕功德을 짓는 보살행으로 보면 "내가 최고이며 독보적인 존재이다" 하는 내용을 담고 있습니다. 다시 말해, 미혹과 고통에서 헤매는 중생을 위해 헌신적으로 살아온 그 삶이 이 세상의 어떤 누구와도 견줄 수 없는 독보적인 존재라는 것입니다. 천상천하 무여불天上天下無如佛, 곧 하늘 위에도 하늘 아래에도 부처님 같은 존재가 없다는 이야기입니다.

그런데 많은 불교인들이 "천상천하 유아독존"이라는 말을 그저 자아의 영원함, 완전함, 무한함을 강조하는 것쯤으로 해석하고 있습니다. 이러한 해석은 한국 불교가 불교의 본뜻에서 얼마나 멀어져 있는지를 보여줍니다. 이것은 불교를 두 눈으로 온전히 보지 못하고 있음을 뜻합니다. 또는 눈은 있는데 발이 없는 경우도 많습니다. 발이 없으니 실천이 따라주지 않습니다. 두 눈과 두 발이 함께 갖추어져야 온전히 알고 또 온전히 실천할 수 있을 터인데, 더러는 눈은 있으되 발을 무시하거나 더러는 눈은 무시하면서 발만 강조하기도 합니다.

한국 불교는 이렇게 변질되고 왜곡되어 병이 깊습니다. 오늘날 이 땅에 과연 불교는 있는가 하고 스스로 묻습니다. 오늘, 이 땅에 과연 불교가 살아 있는가 하고 뼈아프게 자문하게 됩니다. 이 모두가 부처님의 가르침을 진지하게 살피지 않은 데에서 연유합니다.

"천상 천하에 오직 나 홀로 존귀하다"고 한 부처님의 선언은, 그 무엇으로도 대신할 수 없는 존재의 존귀함과 더불어, 미혹과 고통에서 헤어나지 못하는 중생들을 위해 헌신적으로 살아온 그 삶의 내용이 독보적임을 뜻한다는 사실을 놓치지 않도록 해야 합니다.

9. 부처님은 어떤 과정을 거쳐 태어났는가

석가모니 부처님은 아주 오랜 전생부터 여러 생을 거쳐 미혹에 빠진 중생을 구제하려는 대자 대비大慈大悲의 원력을 헌신적으로 실천해 왔고, 그 과정을 통해 마침내 부처로 태어났습니다.

부처님은 당신이 세운 원력에 따라 세상에 태어나면서, "삼계가 고통으로 신음하고 있으니 내가 마땅히 그들을 편안하게 하리라"고 선언하였습니다. 출가란 오로지 부처님이 가신 이 길을 따르기 위함입니다. 미혹과 고통 속에 빠져 있는 중생을 구제하기 위해 출가하는 것입니다. 출가 수행의 길이란 공평 무사한 구세 대비의 큰 길인데, 어떻게 개인의 사사로운 이해 득실 따위가 개입할 수 있겠습니까? 개인의 안일과 이익을 생각하는 것은 결코 출가의 정신이 아닙니다. 숱한 미혹과 집착과 고통의 세상에서 중생을 건지기 위하여 자신의 온 존재를 바치는 것, 이것이 바로 참된 출가의 정신입니다. 이 같은 출가 정신이 오늘에 더욱 아쉽고 더욱 절실히 필요한 까닭은, 점점 더 어지러워지는 오늘의 세상 모습 때문이기도 하며 또한 한국 불교의 왜곡된 모습 때문이기도 합니다.

아무튼, 부처님이 그와 같은 목적과 원력에 의해 태어났다고 하는데, 그렇다면 이제는 어떤 과정을 거쳐 태어났는지가 궁금합니다. 바로 세세생생을 거쳐 오는 동안의 보살행 이야기입니다.

부처님의 전기를 다룬 책 가운데에 「불본행집경」이란 경전이 있습니다. 부처님의 생애를 알려면, 「한글대장경」 가운데 두 권으로 번역되어 있는 「불본행집경」을 보는 것이 좋습니다. 번역은 그리 좋지 않지만, 내용을 이해하기가 어렵지는 않습니다. 옛 경전을 보다 보면, 현대 학자들이 부처님 전기를 다루면서 종교적으로 주목해야 할 중요한 부분들을 그냥 지나쳐 버린 경우들이 더러 있습니다. 자신들의 이성적인 논리와 상식에 맞추어서 모든 것을 재단해 버린 것입니다. 그러다 보니 정작 중요하게 챙겨야 할 부분들을 빠뜨린 경우가 없잖아 있습니다.

부처님의 전생 이야기는, 과거에 중생을 구제하기 위해 숱한 생을 살아온 이야기입니다. 어떤 때에는 남자로 어떤 때에는 여자로 태어나기도 하면서, 또 어떤 때에는 개로, 토끼로, 사슴으로 태어나기도 하면서, 온갖 모습으로 생을 거듭해 온 이야기입니다. 부처님은 그 모든 생을 통하여 일관되게 미혹과 고통 속에서 신음하는 중생을 위해 헌신해 왔습니다.

온갖 생을 통하여 오로지 중생을 위해 헌신해 온 부처님의 삶은 자기 자신의 이익만을 위하여 살아가는 우리의 일반적인 삶과 크게 대조됩니다. 부처님은 중생을 고통에서 구제하기 위하여 출가하였다고 경전에 엄연히 나와 있습니다. 그런데도 오늘날의 많은 불교 학자들은 부처님의 출가가 부처님 자신을 위한 것인 양 이야기하고 있습니다. 부처님이 자신의 고통을 풀기 위해서 출가했다고 해석하는 것은, 불교의 정신을 제대로 이해하지 못한 소치입니다. 부처님은 오직 미혹과 고통의 문제를 위해서, 이 세상과 중생을 위해서 출가하였습니다. 물론 거기에는 부처님 자신의 문제까지 포함되어 있습니다.

앞에서 말했듯이, 불교의 생명관은 무시 무종無始無終, 불생 불멸不生不滅에 입각해 있기 때문에 부처님의 전생도 모두 의미가 있고 이유가 있습니다. 석가모니 부처님의 전생 이야기는 아득히 먼 옛날 부처님께 공양을 올리면서부터 시작합니다. 공양을 올리면서부터 발심을 하게 됩니다. 법의 길을 가야겠다고, 깨달음의 길을 가야겠다고 발심을 합니다. 그러고는 무수한 생을 살면서 공양과 헌신의 수행을 실천합니다. 부처님을 위해, 정법을 위해, 승단을 위해, 고통받는 대중을 위해 헌신하고 헌신하고 또 헌신하고 끝없이 헌신합니다. 이런 삶의 태도는 부처님의 무수한 전생살이에서 일관되게 나타나는 모습입니다.

부처님은 무수한 생을 통하여 온갖 다양한 몸으로 등장하지만, 그것을 하나로 꿰는 것은 자기 자신을 아낌없이 던지는 대자비의 보살행입니다. 무수한 생을 거듭하는 동안 오직 법을 위해, 중생을 위해, 세상을 위해, 고통받는 이를 위해, 미혹에 빠져 있는 이들을 위해 헌신하고 헌신하고 또 헌신해 온 그 숱한 삶의 과정을 통해서 부처님으로 태어났습니다. 토끼 왕이 되어서 한 보살행, 사슴 왕이 되어서 한 보살행, 돼지 왕이 되어서 한 보살행, 원숭이로 태어나서 한 보살행, 제석천으로 태어나서 한 보살행, 사람으로 태어나서 한 보살행 등등, 온갖 존재가 되어 오로지 헌신해 온 그 삶의 과정이 바로 석가모니 부처님이 태어난 과정입니다. 여기에 자기 자신을 위한 삶은 전혀 없습니다. 오로지 헌신뿐입니다. 왜냐 하면 헌신하는 것만이 자기 완성의 길이고, 진리이기 때문입니다, 헌신하는 것이 곧 진리입니다. 그것이 연기법의 진리입니다. 법을 향한 구도求道의 열정을 갖고 무수히 헌신하고 또 헌신해 온 삶이 씨앗이 되고, 생명이 되고, 힘이 되는 과정을 거쳐서 석가모니 부처님으로 태어나게 된 것입니다. 그냥 태어난 것이 아닙니다.

10. 공양의 의미

한 가지 더 강조하고 싶은 것이 있습니다. 바로 공양供養의 의미입니다.

부처님은 "깨닫고 난 뒤에 과거, 현재, 미래를 꿰뚫어 세상을 살펴보니 부처와 승단의 스님들에게 공양하지 않고 안락을 이룬 사람을 본 적이 없다"고 하였습니다. "공양"이란 말은 끊임없이 공경하고 존중하고 헌신한다는 뜻입니다. 공양은 단순히 밥을 올리고 떡을 올리고 과일을 올리는 것을 뜻하지 않습니다. 그보다 훨씬 더 큰 종교적인 의미를 갖고 있습니다.

여기에서 짚어 보아야 할 것이 있습니다. 왜 굳이 부처님이나 스님들에게 공양을 올리는 것에 특별한 의미를 두는가 하는 것입니다. 세상을 향해 공양하면 될 터인데 말입니다. 배고픈 사람, 헐벗은 사람, 탄압받는 사람, 쫓기는 사람이 저토록 많은데 그들에게 공양해야지, 왜 부처님이나 스님에게 공양하라고 강조하는가 하는 의아심입니다.

그것은 바로 법을 만나기 위함입니다. 진리의 길을 가는 사람들에게 공양하는 것을 강조하는 까닭은 법을 만날 수 있는 인연이 맺어지기 때문입니다. 배고픈 사람에게 밥을 주고 헐벗은 사람에게 옷을 주는 행위도 대단히 훌륭한 일임에 틀림없지만, 진리 곧 법을 만나는 인연이 되지는 않습니다. 부처님한테 공양을 올리는 것이나 스님한테 공양을 올리는 것이나 배고픈 사람한테 공양을 올리는 것이나 또는 부모한테 공양을 올리는 것이나 모두가 똑같이 공양을 올리는 것이지만, 부처님이나 법이나 승단에 공양을 올리는 공덕이 다른 것보다 더 크다고 하는 까닭은 법을 만날 수 있기 때문입니다. 정법을 만날 수 있는 인연을 짓는 일이기 때문입니다. 그러면 법을 만나는 일이 무엇 때문에 그토록 중요할까요? 이유는 간단합니다. 법의 길을 벗어난 삶은 엄청난 고통과 불행의 길일 뿐이고, 오직 진리의 길만이 희망의 길이기 때문입니다.

그러나 수행자는 공양의 대상이라고 해서 자만해서는 안 됩니다. 자만하면 더 이상 수행자가 아닙니다. 수행자는 철저하게 자기를 낮추어야 합니다. 수행자는 가장 낮은 데에 있어야 합니다. 사상과 정신은 하늘보다도 높을 만큼 고준해야겠지만, 마음가짐과 행동거지는 겸허하게 낮추어야 합니다. 더 가난해져야 합니다. 도는 높고 인격은 훌륭해야 하겠지만, 실질적인 삶의 모습은 서민 대중과 고락을 함께해야 합니다.

그런데 요즈음의 수행자를 보면 거꾸로 사는 듯합니다. 사상과 정신은 저 밑바닥으로 떨어져 있으면서 행세만큼은 저 위에서 하려고 합니다. 권위주의에 빠져 그저 대접받으려고만 합니다. 권위주의야말로 수행자에게는 결정적으로 치명적인 것입니다. 대접받으려는 생각은 기득권에 대한 집착이고, 기득권에 대한 탐욕입니다. 수행자는 사람들에게 감동과 감화를 주었을 때에만 비로소 대접받을 수가 있습니다. 그렇건만 요즈음 우리 스님들은 먼저 대접받을 생각만 하는 듯합니다. 이 얼마나 권위주의적이고 이기적이고 독선적이고 자기 도취적인 행태입니까?

일찍이 원효스님은 그러한 태도를 경계하여 "어리석게 공부하면 모래를 쪄어 밥을 짓는 것과 같다"고 하였습니다. 권위주의적으로 사고하고 권위주의적으로 살면 수행은 한 걸음도 앞으로 나갈 수 없습니다. 아무리 선방에 착실히 앉아 있어도 수행이 되지 않습니다. 자기 중심의 이기적인 사고에 근거한 모든 것들을 철저하게 포기하고 철저하게 깨뜨릴 때에만 수행은 이루어집니다.

「자경문」에 "수행을 잘못하면 인상人相과 아상我相만 높아진다"는 말이 있습니다. 무슨 말인가 하면, "나"라는 독립된 실체와 "너"라는 독립된 실체가 따로 있다는 사고 방식입니다. 너 따로 나 따로 분리되고 독립되어 있다고 보기 때문에 철처하게 자기 중심적인 사고와 대립적인 삶의 태도를 강화하게 되는 것이지요. 이런 사고 방식을 「반야심경」에서는 번뇌로 인하여 잘못된 생각에 빠져서 허우적거린다고 합니다. 바로 "전도몽상顚倒夢想"인 것이지요. 불교의 수행은 인상人相과 아상我相을 깨뜨려 나가는 것인데, 우리 수행자의 일상을 돌아보면 인상과 아상만 키우고 있는 듯합니다. 아상과 인상은 이기적이고 배타적이고 자기 도취적이고 자기 중심적입니다. 한마디로 권위주의의 표상입니다.

수행자가 바르게 수행하지 못하면 오히려 인상과 아상만을 고스란히 기르게 됩니다. 선방의 좌복에 오래 앉아 있다고 해서, 누덕누덕 기운 먹물 옷을 입었다고 해서, 바랑 하나 멘 운수 행각의 길을 오래 다닌다고 해서 그것만으로 저절로 수행이 이루어지는 것은 아닙니다. 참으로 피를 토하는 심정으로, 자기 뼈를 깎는 듯한 아픔으로 자기 자신을 돌이켜보며 철저하게 반성적인 성찰을 하지 않으면 안 됩니다.

3강

수행은 특별한 것이 아닙니다. 어떤 상황에서든 주체적으로 자신을 잘 살피고 다스리는 일이 수행입니다. 내 생각을 다스리고 내 언어를 다스리고 내 몸뚱이를 다스리는 것이 수행입니다. 어떻게 보면 자신의 몸을 잘 관리하고 운영하는 것도 수행의 중요한 조건일 수 있습니다. 수행을 한다고 해서 정신만 중요하게 여길 일이 결코 아닙니다. 불교는 정신과 육체를 둘로 나누어 생각하지 않습니다. 육체를 주체적으로 잘 관리하고 다스리면 그것이 곧 정신을 잘 관리하고 조절하는 작용을 하며, 생각을 잘 관리하고 다스리면 그것이 또한 육체를 잘 관리하고 다스리고 조절하는 작용을 하여 서로 동시에 영향을 주고받습니다.

수행의 핵심은 자기 중심의 이기적인 사고를 어떻게 뿌리뽑을 것인가 하는 것입니다. 그래서 지혜와 자비를 강조하는 것입니다. 지혜는 자기 중심의 이기적인 사고가 본래 그 뿌리가 없음을 정확하게 직시하고 파악하는 것입니다. 자비는 무아의 정신으로서 자기 중심의 이기적인 사고의 뿌리를 뽑기 위해 늘 헌신적으로 행동하는 것입니다. 자비롭게 헌신하는 것, 이것이 수행의 전부라고 해도 지나치지 않습니다. 화두를 잡고, 참선을 하고, 염불을 하는 것도 자기 중심의 이기적인 사고의 뿌리를 정확히 파악하고 뽑아내기 위한 과정입니다. 그러므로 실제 생활에서 덜 갖고 덜 먹고 덜 쓰고, 적게 갖고 적게 쓰고 적게 먹는 것이 수행자의 일상적인 삶입니다. 소욕지족少欲知足, 이것이 바로 수행자의 일상적인 마음가짐이며 삶의 태도입니다. 소유하고 싶은 생각을 최대한 적게 하고 주어진 인연과 주어진 조건에 감사하고 만족할 줄 알아야 합니다.

오늘날 우리는 너무 많이 갖고 너무 많이 쓰고 또 너무 많이 먹습니다. 오늘의 삶의 조건 자체가 수행자에게는 지나치게 세속적입니다. 우리가 갖고 있는 많은 재산과 조건들은, 우리가 누리기 위한 것이 아니라, 바로 세상을 위해 써야 할 것들입니다. 미혹에 빠져 고통으로 신음하고 있는 뭇 사람들을 위해 의미 있게 쓰고 활용해야 할 것들이지, 결코 출가 수행자들이 갖고 쓰고 누릴 것들이 아닙니다. 그런데 우리 수행자들은 그 조건을 세상을 위해 활용하려고 하지 않고 자기들이 쓰고 자기들이 누릴 생각만 하고 있습니다. 기본적으로 잘못되었습니다. 더 가난해져야 합니다. 기꺼이 스스로 가난을 선택할 줄 아는 태도가 필요합니다. 그럴 때에 비로소 부끄럽지 않은 수행자가 될 수 있습니다.

앞에서 부처님은 왜 태어났으며 또 어떤 과정을 거쳐서 태어났는지를 이야기했습니다. 부처님은 "천상천하 유아독존 삼계개고 아당안지"의 사상과 정신을 역사에서 실천하려고 태어났습니다. 또 무수한 생을 통해 부처와 법과 승단을 위해, 미혹과 고통 속에 있는 대중을 위해 헌신하고 또 헌신하고 공양하고 또 공양하는, 그러한 원력의 삶의 과정을 통해 부처로 태어났습니다. 고통 속에서 신음하고 있는 이 세상을 편안하게 하겠다는, 부처님의 그 탄생 게를 역사에서 실현하는 것이 불교의 존재 이유이며 불교의 존재 가치입니다. 그것을 실현하기 위해 전력 투구하지 않는다면 역사 속에 불교가 있어야 할 이유도 가치도 없습니다.

한 가지 빠진 것이 있는데 바로 도솔천 이야기입니다.

도솔천을 한자로 번역하면 지족천知足天이 됩니다. 만족스러운 곳이라는 뜻이지요. 순간순간마다 주어진 삶 그 자체에 만족할 수 있는 세계이며, 부족함이 없는 세계인 것입니다. 그런데 부처님은 만족스러운 세계, 만족스러운 조건, 만족스러운 기득권을 내버리고 스스로 갈등과 혼란과 모순과 고통과 불행이 소용돌이치는 이 사바 세계로 왔습니다. 우리는 모두가 그 만족스러운 세계를, 불만 없는 그 편안한 세계를 갈망하고 있는데, 부처님은 거꾸로 그것을 포기하고 내던지고 오히려 문제 덩어리인 이 세계로 찾아왔습니다. 갈등과 대립, 모순과 혼란, 불행과 고통의 사바 세계로 찾아온 것입니다. 인내하면서 살아갈 수밖에 없는, 고통을 감수하면서 살 수밖에 없는 사바 세계로 찾아온 것입니다.

부처님이 출가 정신을 실천한 것은 태어나고 난 뒤부터 시작된 것이 아닙니다. 오랜 옛날, 처음 깨달음을 추구해야겠다고 뜻을 낸 뒤로, 여러 생을 거듭하는 동안에 끊임없이 출가 정신을 실천해 왔습니다. 흔히 싯다르타가 왕자로서 왕궁을 버리고 떠남을 두고 출가라고 하는데, 그것이 아닙니다. 미혹과 모순과 고통을 재생산하는 잘못된 삶의 방식을 버리고 깨달음과 자유를 실현하는 참다운 삶의 길을 찾아 끊임없이 버리고 떠나는 삶, 그것이 세세생생에 걸친 부처님의 삶이었습니다. 이를 두고 발원문에서는 "세세생생처 상어반야 불퇴전"이라고 표현하였습니다. 달콤하고 좋은 것들을 포기하고, 문제를 해결하기 위해, 우리 모두의 평화와 자유를 위해, 당신에게 주어진 모든 조건들을 버린 것입니다. 모두가 함께 성불하는 길을 위하여, 발심에서부터 성불에 이르기까지 일관되게 자신의 모든 것을 바쳤습니다. 늘 문제가 있는 곳에 찾아갔습니다. 이것이 모두 자기 중심의 이기적인 사고의 뿌리가 없기 때문에 가능한 것입니다.

부처님이 처음 발심해서부터 마침내 부처가 되기까지, 또 부처가 된 다음에 교화하며 활동하기까지 부처님의 삶의 모든 과정에서 일관된 것이 바로 이 출가 정신입니다. 곧, 기득권을 포기하는 것입니다. 모자람이 하나도 없는 지족천, 모든 사람이 누리고 싶은 조건들이 다 구비되어 있는 곳, 그런 좋은 곳을 내버리고 사바 세계를 선택해서 부처님은 온 것입니다.

다시 강조하건대, 수행은 다른 것이 아닙니다. 자기 중심의 이기적인 사고를 뿌리뽑는 것이 바로 수행입니다. 아상, 인상, 중생상 따위의 상相을 버리는 것이 바로 자기 중심의 이기적인 사고를 뿌리뽑는 것입니다. 자기 중심의 이기적인 사고의 정체가 무엇인지를 정확하게 파악하는 것이 지혜이고, 그 뿌리를 뽑아 내는 행위가 자비입니다. 자비롭게 행동하고 헌신한다는 것은 결국 모든 문제의 원인인, 자기라는 문제의 뿌리를 뽑아 버리는 행위입니다. 구체적인 삶의 태도는 적게 갖고 적게 쓰고 적게 먹는 것입니다. 오늘날 너무 많이 갖고 많이 쓰고 많이 먹고 있는데, 이것은 수행을 방해하는 조건들일 뿐입니다. 우리의 스승인 부처님은 도솔천을 내던지고 이 세계에 내려오지 않았습니까? 그처럼 자기에게 주어진 모든 좋은 조건을 다 포기해야 합니다.

더 많이 갖고 싶어하고 더 쓰고 싶어하고 더 누리고 싶어하는 것들을 내던지는 것이 수행의 출발점입니다. 기꺼이 가난을 선택하는 것이 수행자의 삶입니다. 그렇게 살지 않으면 수행자가 아닙니다. 수행은 자기 중심의 이기적인 사고의 뿌리가 남아 있으면 결코 불가능합니다. 중생의 이익과 안락, 세상의 이익과 안락을 위해 부처님은 문제를 찾아 사바 세계로 왔습니다.

11. 부처님의 발심 동기

이제 발심에 대해 이야기하겠습니다.

태자가 열두 살 되던 해의 어느 봄날에 숫도다나 왕은 많은 신하를 거느리고 들에 나가 "농민의 날" 행사를 참관하였다. 농업국인 카필라에서는 왕이 그 해 봄에 첫 삽을 흙에 꽂음으로써 밭갈이가 시작된다. 어린 태자 싯다르타도 그 행사를 보려고 부왕을 따라 농부들이 사는 마을에까지 내려갔다. 왕궁 밖에 나가 구경하는 전원 풍경은 그지없이 신선하고 아름다웠다. 그러나 농부들이 땀을 흘리며 일하는 것을 보자 그들의 처지가 자기와는 다르다는 것을 생각했다. 뜨거운 햇볕 아래에서 고된 일을 하고 있는 농부들을 본 어린 싯다르타는 마음이 어두워졌다.

조용히 농부들이 일하는 것을 지켜보고 있는데 쟁기 끝에 파헤쳐진 흙 속에서 벌레가 꿈틀거리고 있었다. 바로 그 때 난데없이 새 한 마리가 날아들더니 그 벌레를 쪼아 물고 공중으로 날아갔다. 그 같은 광경을 본 어린 싯다르타는 마음에 심한 충격을 받았다. 그는 그 곳에 더 머물러 있을 수가 없었다. 방금 눈앞에서 일어난 일을 생각하면서 일행을 떠나 숲으로 발

길을 옮겼다. 숲 속 깊숙이 들어가 큰 나무 아래 앉았다. 어린 태자의 가슴에는 형언할 수 없는 여러 갈래의 문제가 한꺼번에 뒤얽혔다.

태자의 눈에서는 조금 전에 본 광경들이 아직도 또렷하게 어른거리고 있었다. 먹고 살기 위해 뙤약볕 아래서 땀흘리며 일하던 농부들, 흙 속에서 나와 꿈틀거리던 벌레, 그 벌레를 물고 사라진 날짐승. 이런 일들이 하나같이 어린 태자의 마음을 어둡게 했다.

"어째서 살아 있는 것들은 서로 먹고 먹히면서 괴로운 삶을 이어 가야만 할까? 무슨 까닭으로 그렇게 살아가야 하는 것일까?"

그의 눈에는 모든 것이 괴로움으로 비쳤다. 산다는 것 자체가 괴로움뿐인 것 같았다.

무슨 일이고 한번 의문을 품기 시작하면 끝까지 파고드는 것이 소년 싯다르타의 성미였다. 그는 깊은 생각에 잠긴 채 다른 일은 모두 잊어버렸다.

싯다르타는 삶에 대해 회의하고 고뇌하고 갈등하였습니다. 이런 길이 아닐 터이다, 나 하나 잘 살려고 다른 사람을 괴롭히고 나 하나 잘 먹으려고 다른 생명을 죽이는 것이 어떻게 인생이 추구하는 목적일 수 있겠는가, 하며 깊이 고민하였습니다. 싯다르타가 이처럼 인생에 대해 근원적인 문제 의식을 갖고 또 그 문제를 근원적으로 해결하고자 발심하게 되는 동기는 몇 단계에 걸쳐 있습니다.

첫번째는 어머니를 일찍 여읜 일입니다. 싯다르타가 태어나고 일 주일 만에 어머니는 돌아가셨습니다. 이 일은 성장 과정에 큰 영향을 미쳤을 것입니다.

두번째는 바로 농경제입니다. 농경제에 나와서 왕실에서는 볼 수 없던, 인간들의 참혹한 삶의 모습과 약육강식의 질서를 따르는 짐승과 벌레를 보면서 현실 세계의 모순을 느끼게 됩니다. 그러면서 모순 속에서 살고 있는, 살아 있는 것들에 대해 절실한 연민의 마음을 갖게 됩니다. 누군가에게 이익이 되면 누군가에게는 해롭고 누군가가 편하면 누군가는 고생해야 되는, 이런 서로 모순되고 불평등한 삶의 길이 아닌 다른 길이 있어야 하겠다는 문제 의식을 갖게 됩니다.

세번째는 사문 유관四門遊觀입니다. 동서남북 네 문 밖에 나갔다가 사람의 늙음, 병듦, 죽음의 문제를 보고서 인생에 대해 원초적인 회의를 갖게 된 것이 부처님의 발심 동기라고들 합니다. 사람이 늙고 병들고 죽는다는, 누구도 거역할 수 없고 피할 수 없는 운명의 문제를 확인하게 되면서 인생의 본질에 대하여 깊은 고뇌를 하게 된 것입니다.

물론 이 사문 유관이라고 하는 정형화된 틀은 있는 그대로의 사실이라기보다는 싯다르타의 경험에 대한 문학적인 묘사의 성격이 강하다고 할 수 있습니다. 싯다르타가 스물아홉 살이 되도록 사람이 죽고, 병들고, 늙는 것도 몰랐다고 하는 것은 말이 되지 않습니다. 사문 유관이라는 정형화된 형식은 어디까지나 뜻한 바를 그 시대의 대중에게 효과적으로 전달하기 위해 그 시대의 대중에게 맞는 표현 방식을 선택한 것일 뿐입니다. 싯다르타는 왕자로서 그 때까지 사냥도 해 봤을 것이고 통치자가 받아야 할 지도자 교육 과정을, 요즘 식으로 말하면 엘리트 교육 과정을 밟았을 터인데, 스물아홉 살 나이에 그런 것을 몰랐다는 것은 있을 수 없는 일입니다.

인생의 문제를 근원적으로 해결할 진리를 찾아야겠다고 문제 의식을 갖는 것을 두고 경전에서는 발심, 신심, 보리심菩提心 따위의 표현들을 사용하고 있습니다. 발심, 신심, 보리심이라고 하는 표현들은 그 쓰임새에 따라 서로 조금 다른 의미로 해석될 소지가 없지는 않지만 사실은 그 내용은 다 같은 말입니다.

부처님의 생애를 공부하면서 주목해야 할 것은 발심의 형성 과정과 발심의 내용입니다. 그리고 이 발심의 내용이 수행에서 얼마만큼 중요한 의미를 갖는지도 염두에 두어야 합니다.

12. 부처님의 발심 과정

발심의 형성 과정에서는 무엇보다도 싯다르타가 갖고 있던 문제 의식과 태도를 주의 깊게 살펴보아야 합니다.

첫째는 지금 여기의 현실을 냉철하게 직시한 점입니다.

지금 여기의 현실을 직시하고 보니, 우리는 고통받고 싶지 않은데 고통받고 있고, 불평등한 삶은 싫은데 불평등한 삶을 살고 있고, 죽기 싫은데 죽을 수밖에 없는, 이러한 모순으로 가득한 현실을 확인하게 되었습니다. 인간의 바람과는 다르게, 구체적인 삶의 실상은 모순 덩어리라는 사실을 뼈저리게 인식한 것입니다. 그 모순 덩어리는 곧 고통과 불행으로 나타납니다. 싯다르타는 이것을 정확하게 보았습니다.

출가 수행의 길을 가는 데에서 어떤 상황에서든 놓쳐서는 안 되는 것이 바로 현실을 정확하게 직시하는 것입니다. 문제를 정확하게 꿰뚫어보아야 합니다. 그래야만 해답을 얻습니다. 문제를 정확하게 짚어 내지 못하면 해답을 얻을 수가 없습니다. 이 부분은 부처님이 깨달은 뒤에 가르침을 펼 때에도 그대로 적용됩니다. 그것이 바로 고성제입니다. 고집멸도苦集滅道의 사성제四聖諦 가운데 첫번째인 고성제 말입니다. 바로 고苦에 대한 정확한 인식입니다.

현실의 고, 인생의 고에 대해 올바르게 인식하는 것이 불교의 첫출발입니다.

싯다르타는 아주 순수한 감정과 아주 예민한 감수성으로 현실을 직시하였습니다. 그리하여 "이 삶이라고 하는 것이 온통 모순 덩어리이며 고통과 불행 덩어리임"을 읽었습니다. 온몸으로 느꼈습니다. 그러고는 "이것이 아니다, 이래서는 안 된다"고 세차게 도리질하였습니다. 모순과 고통 속에서 살아야 하는 존재라는 것이 얼마나 불쌍한가, 모순과 고통 속에서 우리가 사랑을 이야기하고 희망을 이야기하는 것이 도대체 무슨 의미가 있는가, 삶이 허무하고 무의미하다면 땀 흘리고 노력하는 것이 얼마나 부질없는 것인가를 느낀 것입니다.

둘째는 뜨거운 연민심입니다.

싯다르타는 생각했습니다. "많은 사람들이 인생의 존재 이유도 모르는 채로 고통과 불행 속에서 살면서, 고통에서 벗어나려고 몸부림쳐 보지만 다람쥐 쳇바퀴 도는 형상일 뿐이다. 끝없는 모순과 고통의 늪에서 허우적거리고 있는 인생의 모습이 딱하기 짝이 없구나. 나 자신을 포함하여 사랑하는 부모 형제들의 고뇌가 너무 가슴 아프다. 같은 인간으로서 저 고통과 불행의 문제를 그냥 두고 보는 것은 인간이기를 포기하는 일이다. 진정으로 세상을 사랑하고 부모 형제를 사랑한다면 저들의 고통과 불행을 해결하기 위하여 길을 찾아내야 옳다. 뭔가 새로운 길, 모순이 해결되는 길, 모두가 희망하는 고통이 없는 삶, 불행이 없는 삶, 속박이 없는 삶, 그런 삶의 길이어야 인간다운 삶이라고 할 수 있지 않을까" 하는 생각의 과정을 거치면서 큰 연민의 마음을 낸 것입니다.

이렇듯 현실을 냉철하게 직시함으로써 뜨거운 연민심을 갖게 된 싯다르타의 발심 과정은 우리가 특별히 눈여겨보아야 할 대목입니다.

셋째는 투철한 발심입니다.

처음에는 어머니의 죽음, 농경제, 사문유관, 왕자 교육, 결혼 등의 전 과정을 거치면서 자신이 감성적으로 느끼던 인생의 모순과 고통과 불행을 구체적으로 인식하게 됩니다. 역사를 보아도 늘 모순 덩어리의 삶이었고, 또 커 가면서 자신과 관계 맺은 주변 사람의 삶을 보아도 그 역시 고통 덩어리의 삶이며 불평등한 삶이라는 것을 구체적인 경험과 교육 과정 속에서 확인하게 됨으로써 생각은 더욱 확실하게 굳어집니다.

싯다르타는 도저히 고통과 불행이 되풀이되는 길을 따라갈 수는 없다고 생각합니다. 그런 삶에 내 인생을 바칠 수는 없다, 인간이라는 것이 정말 이렇게 하찮은 존재인가, 하고 문제 의식을 느끼면서 무엇인가 새로운 길을 찾아야 한다고 인식합니다. "삶이라는 것이 참으로 맹목적이다, 어디에서 왔는지도 모르고, 왜 왔는지도 모르고, 어디로 가는지도 모르고, 지금 가는 길이 참으로 우리가 희망하는 길인지도 모르고, 그냥 관습대로 가고 있다"라고 인식하게 되면서 역사의 흐름에 대하여 참담함을 느낍니다. 그래서 무엇인가 새로운 길을 찾아야 한다고 결심합니다. 모순이 없는 길, 고통이 없는 길, 불평등이 없는 길, 그래서 우리가 염원하는 것이 실현되는 길을 찾기 위해, 지극한 마음으로 귀의하여 예를 올리는 지심귀명례至心歸命禮할 뜻을 일으킵니다. 이것이 발심의 과정입니다.

13. 부처님의 발심 내용

깨달음의 근원이자 원동력은 대비 원력大悲願力의 발심입니다. 그렇다면 수행의 기본 조건인 발심의 내용은 무엇일까? 보통 보리심을 깨달음을 구하는 마음이라고 합니다. 이제 깨달음을 구하는 마음, 그 내용에 대해서 살펴보기로 합시다.

경전에서는 발심, 보리심의 내용을 대비 원력이라고 표현합니다. 큰 자비심의 원력! 이 말을 뒤집어 헤아리면, 큰 자비심이 없으면 결코 발심, 보리심이 아니라는 말이 됩니다. 대비 원력이 없으면 수행자가 아니라는 말입니다. 대비 원력을 지녀야만 수행자라고, 보살이라고 할 수 있습니다. 곧, 큰 자비심의 원력이 바로 발심의 내용입니다. 이 큰 자비심의 원력이란 "천상천하 유아독존 삼계개고 아당안지"의 사상과 정신을 내 인생을 모두 걸고 실천하겠다, 내 인생을 송두리째 걸고 이 역사의 모순과 고통을 짊어지겠다, 온 중생의 고뇌와 고통의 문제를 책임지고 해결하겠다는 말입니다. 이것이 큰 자비심입니다, 세세생생토록 그것이 이루어지는 날까지 줄기차게 추진해 가겠다고 하는 굳건한 결심이 원력입니다.

경전에서는 발심을 대비 원력이라고 표현하였는데, 저는 여기에 한마디 덧붙여 "대비 원력의 문제 의식"이라고 정리하고 싶습니다. 그것은 나아가야 할 올바른 방향과 길을 잘 알아야 함을 의미합니다. 방향을 모르고 뛰면 아니 뜀만 못하기에 그러합니다. 결론지어 말하면, 방향과 길의 내용을 갖추는 것이 곧 발심의 내용이라고 하겠습니다.

부처님을 낳은 어머니는 마야 부인입니다. 그러나 마야 부인은 싯다르타를 낳은 어머니일 따름입니다. 부처님의 어머니가 아닙니다. 부처님을 낳은 어머니는 바로 대비 원력입니다. 큰 자비심의 원력이 싯다르타로 하여금 부처가 되게 한 어머니인 것입니다. 중생인 싯다르타로 하여금 깨달은 부처가 되게 한 근본 모체가 바로 대자비의 원력인 것입니다. 그러므로 대자비 원력이 없으면 부처가 될 수 없습니다. 수행자가 될 수 없습니다. 우리는 경전을 보고, 참선을 하고, 기도를 하고, 참회를 하고, 또 교육을 받는 과정을 통해 대자비 원력을 끊임없이 확인하고 더욱더 분명하게 해야 합니다. 대자비 원력을 더 튼튼하게 하고 투철하게 해야 합니다.

그래야만 비로소 경전 공부든, 참선이든, 기도든 제대로 할 수 있습니다. 결국 우리가 수행을 제대로 하고 있는지 살피려면 대비 원력을 지녔는지 그렇지 못한지를 헤아려 보아야 합니다. 보고 듣고 생각하고 말하는 일상의 삶이 늘 대비 원력으로 살아나야 합니다. 언어를 통해, 사고를 통해, 행동을 통해 늘 살아나야 합니다. 신身, 구口, 의意 삼업三業을 통해서 대비 원력이 끊임없이 나타나야 하고, 실천으로 옮겨져야 합니다. 그것이 수행을 제대로 하는 길입니다. 아무리 머리를 깎고 가사 장삼을 수해도, 근엄한 표정으로 눈을 지그시 감은 채 가부좌를 틀고 앉아도, 부처님 앞에 가서 천배 만배 절을 해도, 큰 자비심의 원력이 더욱 뚜렷해지고 구체화되고 더욱 확대되고 향상되지 않는다면 그것은 잘못된 수행일 뿐입니다. 어디에선가 무엇인가 잘못하고 있기 때문에 대비 원력이 더욱 뚜렷해지거나 확고해지지 않는 것입니다.

대비 원력의 사상과 정신으로 마음을 쓰고 행동하면서 살아간다고 한번 생각해 보십시오. 누가 존경하지 않을 것이며, 누가 신뢰하지 않을 것이며, 누가 따르지 않겠습니까!

수행자는 만인의 스승입니다. 머리 깎고 가사 장삼을 걸치는 바로 그 순간부터 만인의 스승이며 인천의 사표인 것입니다. 능력이 있든 없든 인생의 스승으로서, 인생의 지도자로서의 상징성을 갖게 됩니다. 개인의 역량과는 상관없이 말입니다. 그런데 만일 인생의 스승으로서, 인생의 지도자로서 걸맞은 내용을 갖추지 못한다면 우리는 위선자일 뿐입니다. 출가의 길은 그렇게 간단한 길이 아닙니다. 쉬운 길이 아닙니다. 출가의 길은 결코 편안한 길이 아닙니다. 출가의 길은 모든 고뇌와 고난을 감수할 각오를 하고 가는 길입니다. 그 길은 험난하고 외로운 길입니다. 그렇지만 그런 가운데에서도 이 길은 가치 있는 길이고 만인에게 꼭 필요한 길이며 우리가 반드시 가야 하는 길입니다. 또 이 길말고는 달리 희망의 길이 없기 때문에 우리는 가야만 합니다. 달리 선택할 길이 없습니다.

인간이 선택할 수 있는 길, 장부의 길은 오직 이 길밖에 없습니다. 그러나 이 길은 고난의 길입니다. "온 세상의 고통을 내가 짊어지겠다. 온 역사의 고난을 내가 책임지고 풀어 가겠다. 이 세상의 고통과 모순 그리고 혼란의 문제를 근원적으로 해결하기 위해 온 인생을 바치겠다"고 하는, 그러한 비장하고 결연한 각오가 바로 대비 원력입니다. 이것이 발심입니다.

출가인이 가야 할 길은 조용하게, 고상하게, 편안하게, 안전하게, 순탄하게 갈 수 있는 길이 결코 아닙니다. 출가는 가치 있는 길임에는 틀림이 없습니다. 희망의 길임에는 틀림이 없습니다. 인간이 추구할 수 있는 최고의 길임에는 틀림이 없습니다. 자신의 인생을 송두리째 바칠 만한 길임에는 틀림이 없습니다. 그렇지만 결코 순탄하고 편안한 길은 아니어서, 고난과 고뇌의 길이며 험난하기 그지 없는 길이라는 것입니다. 그래서 이 길을 장부의 길이라고 하는 것입니다. 이 점을 각오합시다. 온갖 고통을 각오합시다. 비록 쉽지는 않지만, 우리는 대비 원력의 문제 의식과 단단하고 투철한 결심으로 이 길을 가야만 합니다.

옛날 스님들은 이 길에 대해 얼마나 절실하고 절실하게 발원했는가 하면, "발일언일념 개시입지發一言一念 皆是立志"라고 했습니다. 말 한마디도, 생각 하나도 모두 대비 원력의 뜻을 세우는 것이어야 한다는 말입니다. 말 한마디를 꺼내도 기왕에 할 말이라면 대비 원력의 말을 하고, 생각 하나를 일으켜도 기왕에 일으킬 생각이라면 대비 원력으로 생각한다는 것이지요. 보는 것, 듣는 것, 생각하는 것, 말하는 것, 견문각지의 모든 순간순간이 그처럼 오직 대비 원력의 큰 뜻을 세우는 데에 집중되어 있었습니다.

아침 저녁으로 염불하는 것도 단순한 의식이 아닙니다. 그 내용을 보면 모두가 대비 원력의 뜻을 세우는 일들입니다. 그 뜻이 가장 잘 함축되어 있는 것이 "영원히, 언제 어디에서나 반야의 길에서 물러서지 않으리라" 하는 구절입니다. 축원문은 "모든 생명들이 피안에 이르러지이다" 하고 끝맺고 있습니다. 이것이 얼마나 가치 있고, 얼마나 절실한 문제이고, 얼마나 확실한 길이고, 또 다른 길이 없는 유일한 길이었으면 이런 삶의 태도를 견지했겠습니까? 어떻게 보면 피눈물이 나도록 절절하고, 어떻게 보면 정신 바짝 들도록 엄정하고, 어떻게 보면 참으로 호쾌하기도 합니다.

우리가 출가 수행자로서 이 길을 선택한 이상 이 정도의 포부와 이 정도의 웅지는 있어야 합니다. 인류 역사에서 가장 값진 웅지를 보인 인물이 부처님이며, 그 웅지를 따르는 이들이 바로 우리 출가 수행자들입니다. 「자경문」에 보면 "어버이를 하직하고 출가하는 것은 법계의 평등한 진리에 수순하고자 함이다"라고 적혀 있습니다. 어버이는 나 자신의, 사적이며 개인적인 혈연 관계입니다. 출가 수행자는 이런 사적인 관계를 버리고 대도의 길, 법계 평등의 길을 가는 사람들입니다. 이것이 바로 대비 원력입니다.

세상 사람들은 "아이고, 골치 아프다. 절에 가서 머리 깎고 중이나 될까 보다"라는 말을 곧잘 하지만, 출가 수행의 길은 결코 그렇게 편안한 길이 아닙니다. 세상 사람들은 자기 자신의 부모, 형제, 마누라, 아들 딸을 위해서 살지만, 출가 수행자는 삼계의 온 중생을 위해서 삽니다. 삼계 중생의 삶에 관심을 갖고, 삼계 중생의 고통과 슬픔에 관심을 갖고, 삼계 중생의 고민과 문제에 관심을 갖고, 그리고 그것을 자기가 다 짊어지고 책임지고 앞장서서 모두 해결하겠다고 하는 사람들이 출가 수행자들입니다. 한 민족, 한 나라, 한 가정만을 위하는 것이 아닙니다. 국가와 민족보다 더 앞서는 가치를 따르는 것이, 곧, 진리를 추구하는 것이 수행자의 길입니다. 그러니 출가 수행자의 길은 참으로 대단한 길입니다. 온 세상 사람이 존경하고 따르지 않을래야 않을 수가 없습니다. 그런데, 우리가 겉모양은 수행자 모습을 하고서도 실제로 수행자다운 내용을 갖추고 있지 못한 탓에, 사람들이 의심하고 불신하고 또 더러는 비난하고 조소하고 경멸하는 것입니다.

삶에 대한 근원적인 문제 의식들, 존재 이유를 밝히고 존재 가치를 실현하는 그 길말고는 다른 길은 모두가 희망의 길이 아니요 헛것이라는 것이 싯다르타의 판단입니다. 그래서 나라도, 부모 형제도, 아내도, 아들도, 국민도, 왕자의 자리도 다 내던집니다. 그런 그를 그 누구도 말릴 수 없습니다.

나는 누구인가, 무엇인가, 왜 태어났는가, 어디서 왔는가, 어디로 가는가 하는 존재 이유를 밝혀 내지 못하면 그 삶은 맹목적이 될 수밖에 없습니다. 앞에서도 말했듯이, 우리의 역사는 존재 이유도 모르고 존재 가치도 모르는, 완전히 눈먼 자들의 행진일 따름입니다. 그러니 아무리 발전하고 또 발전하여도 늘 모순과 혼란, 고통과 불행이 되풀이되는 역사인 것입니다. 어떤 이들은 최첨단의 과학 기술이 획기적으로 발전하면 많은 문제가 해결되리라고 기대할지도 모르겠습니다. 그러나 결코 그렇지가 않습니다.

사실 인류는 해 볼 수 있는 것은 다 해 본 셈입니다. 더 많이도 가져 보고, 더 편리하게도 해 보고, 변화도 해 보고, 발전도 해 보고, 개혁도 해 보고, 진보도 해 보았습니다. 이겨도 보고, 정복도 해 보고, 지배도 해 보았습니다. 문제를 해결하는 길이라고 생각되는 것은 해 보지 않은 것이 없이 다 해 보았습니다. 그렇지만, 결과적으로는, 하나라도 해결되기는 커녕 모순과 혼란만 가중되고 고통과 불행만 되풀이되었습니다. 오히려 비인간화의 상황만 더 심화되었습니다. 더 많이 갖고 더 편리하게 살고 경쟁에서 앞서고 싸워서 이기면, 좋은 세상이, 행복한 삶이 이루어진다는 사고와 논리가 철저하게 허구임이 드러났습니다. 사람들은 현대 사회를 비인간화의 시대, 생명 위기의 시대라고 규정하고 있습니다. 그리고 많은 사람들이 그에 대해 제법 다양하고 제법 거창하고 제법 그럴듯한 대안들을 내놓고 있지만, 그 대안들이라는 것이 본질을 살펴보면 모두가 다 "더 많이, 더 편리하게"만을 좇는 천편 일률적이고 구태 의연한 주장일 따름입니다.

인간의 역사가 시작된 이래로 늘 그러한 주장이 있어 왔습니다. 수없이 되풀이해 온 처방입니다. 그러나 끝없이 되풀이되어 온 것은 모순과 혼란이었고, 고통과 불행이었고, 살상과 파괴였습니다. 오히려 비인간화의 경향만 가중되고, 생명 위기의 상황만 더욱 심화되어 왔습니다. 그렇기 때문에 인간의 역사를 눈먼 자들의 행진이라고 말하는 것입니다. 결국 바보들의 행진인 셈입니다. 바로 이런 점을 정확하게 꿰뚫어 보고 이런 문제들을 근원적으로 해결할 수 있는 큰 길을 열어 가야 할 주인공들이 바로 출가 수행의 길에 오른 우리입니다. 문제를 올바르게 해결할 사람은 출가 수행자뿐입니다.

14. 발심의 내용과 수행의 관계

발심의 내용과 수행은 어떤 관계에 있는지 살펴볼 차례입니다.

한마디로 발심의 내용이 얼마나 올바르고 확실한지에 따라 수행이 좌우됩니다. 다시 말해, 앞에서도 말했지만, 준비를 얼마나 충실하게 했느냐에 따라 문제 해결의 여부가 결정됩니다. 준비는 곧 올바른 발심, 충실한 발심을 뜻합니다. 발심이란 올바른 방향과 길입니다. 사소한 일상사에서도 그렇듯이, 처음에 출발할 때에 방향을 정확하게 올바르게 잡고 가야만 제대로 갈 수 있습니다. 이것을 달리 말하면 불교 세계관의 확립이라고 하겠지요. 종교적으로 표현하면 발심이고, 제 방식으로는 대비원력의 문제 의식입니다. 아무튼 방향을 잘 잡아야 합니다. 처음에 방향을 잘못 잡으면 갈수록 엉뚱한 데로 가게 되기 때문에 차라리 가지 않음만 못하게 됩니다. 같은 소식을 원효스님은, 발심 수행장에서, "어리석게 수행하는 것은 마치 가야 할 곳은 동쪽인데 무턱대고 서쪽으로 달려가는 것과 같다"고 했습니다.

그 다음에는 가는 과정의 길을 잘 알아야 합니다. 올바른 방향과 길과 방법을 잘 갖추었는지의 여부가, 다시 말해, 발심 내용의 준비가 얼마만큼 잘 확립되어 있는지가 수행의 전부라고 해도 지나치지 않습니다. 이것은 뒤에 가서 부처님이 출가한 다음에 죽도록 고행하는 것을 보면 좀 더 구체적으로 확인하게 됩니다.

발심과 수행의 관계는, 발심의 내용을 얼마나 올바르고 탄탄하게 준비하느냐에 따라 수행이 잘 되고 그렇지 못하고가 결정되는 만큼, 무척 긴밀한 관계에 있습니다. 다시 말해, 대비 원력의 문제 의식이 얼마나 확실한지에 따라 수행이 좌우됩니다. 싯다르타가 부처가 될 수 있었던 것은 발심의 내용, 대비 원력의 문제 의식이 분명했기 때문입니다. 따라서 부처를 낳은 어머니는 마야 부인이 아니라 바로 대비 원력의 문제 의식이라고 하는 것입니다.

4강

본디 가치 있는 일은 고달프게 마련입니다. 인내의 과정을 겪지 않고서는 가치 있는 일은 창조되지 않는 법입니다.

부처님 삶의 모습을 원형대로 가장 잘 보존하고 있는 경전이 「아함경」인데, 「아함경」에 보면 이런 이야기가 나옵니다. 어느 날 부처님이 행각을 다니다가 나찰 귀신의 집을 방문하였습니다. 부처님이 그 집에서 하룻밤 묵고 갈 수 있겠냐고 물으니 나찰이 "들어오라, 사문이여" 하고 대답하였습니다. 들어가 앉으려니 나찰이 "나가라, 사문이여" 하는 것이었습니다. 이에 부처님은 "알았다, 벗이여" 하고 나갔습니다. 부처님이 나가자 나찰은 또 "사문이여, 들어오라" 하였습니다. 부처님은 이번에도 "알았다, 벗이여" 하고 들어가서 앉았습니다. 그러자 나찰은 또 "나가라, 사문이여" 하고, 부처님은 "알았다, 벗이여!" 하고 다시 나왔습니다. 이러기를 여러 차례 되풀이한 다음에, 나찰의 무례함이 지나치다 싶었을 때에 이르러서, 부처님은 지극한 자비심으로 그 나찰을 정중하게 타이르고 훈계하여 귀의시켰습니다.

이런 부처님의 모습은 우리의 큰스님들이 보여 주는 모습하고 크게 다릅니다. 어쩐 일인지 우리 큰스님들은 대체로 화를 잘 내는 편입니다. 어떤 상황에서도 평온을 유지하는 부처님과는 퍽 대조적입니다. 부처님과는 정반대로 화를 잘 내는 우리의 큰스님들을 어떻게 이해해야 할지, 이 점도 한번 생각해 보아야 할 문제입니다.

이제 출가에 대해서 살펴보겠습니다.

> "부왕의 실망이 얼마나 클까. 다행히 이모인 마하파자파티에게서 태어난 동생이 있으니 왕위를 계승하는 문제는 걱정이 없다. 그러나 내가 출가한 것을 아신 부왕은 얼마나 애통해할까. 그리고 아내 야쇼다라는 또 얼마나 슬퍼할 것인가."
>
> 이런 생각에 싯다르타는 잠을 이룰 수가 없었다.

이 부분은 싯다르타가 출가할 때에 가졌던 인간적인 고뇌와 갈등을 잘 드러내 보여 줍니다.

> 이제 모든 것을 버리고 출가하리라고 결심한 태자는 어느 날 아무런 예고도 없이 부왕 앞에 나타났다.
>
> "저는 아무래도 사문의 길을 가야겠습니다. 저에게 출가를 허락해 주십시오."
>
> 이 말을 듣는 순간 왕은 눈앞이 캄캄했다. 그러나 마지막으로 다시 한번 아들의 뜻을 돌려 보려고 했다.
>
> "사랑하는 태자야, 무슨 소원이든지 다 들어 줄 터이니 제발 출가할 뜻만은 버려 다오."
>
> "그러시다면 저에게 한 가지 소원이 있습니다."
>
> "오, 그 소원이란 대체 무엇이냐?"
>
> "이 소원만 이루어 주시면 출가의 뜻을 버리겠습니다."
>
> 숫도다나 왕의 얼굴에는 밝은 빛이 스쳤다.

"어서 그 소원을 말해 보아라."

왕의 표정과는 달리 싯다르타의 얼굴은 돌처럼 굳어 있었다. 나직하면서도 힘 있는 말이 그의 입에서 나왔다.

"제 소원은 죽음을 뛰어넘는 일입니다. 늙고 죽어 가는 고통에서 벗어날 수 있는 방법을 가르쳐 주신다면 저는 이 자리에서 출가의 뜻을 버리겠습니다."

이 말에 왕은 어처구니가 없었다. 그러나 태자의 무척이나 진지하고 슬픈 표정을 보자 화를 낼 수도 없었다. 모든 소원을 다 들어 주겠다던 왕도 그러한 태자의 소원은 어쩔 도리가 없었다. 국왕인 자신도 늙음과 죽음 앞에서만큼은 무력하다는 것을 새삼스레 느끼게 된 것이다.

싯다르타가 출가를 결심하기까지는 인간적인 고뇌와 갈등이 참으로 많았습니다. 국가와 민족, 부모, 아내, 자식, 이웃, 약소국이던 석가족 국민들이 왕자인 싯다르타에게 거는 기대, 이런 것들을 다 떨쳐 내고 출가를 하려니 스스로 인간적인 고뇌와 갈등도 컸고 또 다른 많은 사람들에게서 원망과 비난을 사기도 했습니다. 그래도 최종적으로는 "어쩔 수가 없다, 다른 길은 길이 아니다"라며 출가를 결심하였습니다. 지금까지 많은 사람이 문제를 해결하려고 한 방법들이 결코 문제를 해결할 수 있는 길이 아니었다고 판단하기에 이르렀고, 그리하여 문제를 근원적으로 해결하기 위한 길을 찾아나서는 길만이 국가와 민족을 위하는 길이요, 부모 형제를 위하는 길이요, 아내를 위하는 길이요, 친구를 위하는 일이요, 내가 살아가는 세상과 역사를 위하는 일이라는 결론을 내렸습니다. 그러니 천하가 말린다 해도 그 길을 갈 수밖에 없었습니다. 진정한 삶의 길이 그 길밖에 없었기 때문입니다. 만일 다른 길이 있었다면 굳이 출가하지 않았을 것입니다.

불교는 보통 생사를 해결하는 종교, 생사에서 해탈하기 위한 종교라고 하는데, 이 "생사"라는 말은 다만 태어나고 죽는 것만을 뜻하지는 않습니다. 총체적인 삶의 문제를 뜻합니다. 사람이 태어나서 살아가는 과정 속에서 겪는 문제, 우리가 겪는 슬픔, 외로움, 고통 등등 온갖 문제를 다 포함합니다. 운명적으로 주어진 문제도 있고, 사회 구조 때문에 빚어지는 문제도 있습니다. 이 생사라는 말은 모순과 고통의 문제를 뜻합니다. 인간이 겪고 있는 모순과 고통의 문제를 총체적으로 함축한 말이 바로 생사입니다.

바로 그렇기 때문에 부처님은 삶의 문제를 근원적으로 해결하는 길을 찾지 않으면 안 된다고 결심한 것입니다.

15. 부처님이 출가한 목적

싯다르타는 밖으로 나와 시종이 살고 있는 집 앞으로 다가갔다. 낮은 목소리로 시종 찬다카를 깨워서 말을 끌고 나오도록 했다. 싯다르타는 말에 올랐다. 그가 말을 타고 궁중을 빠져나가는 것을 찬다카 외에는 아무도 몰랐다. 찬다카는 무언가 마음에 짚이는 일이 있었지만 태자의 그 엄숙하고도 비장한 표정을 보고서는 감히 입을 열 수가 없었다.

성문을 나올 때 태자는 속으로 맹세를 했다.

"내가 생사의 문제를 해결하기 전에는 다시 이 문으로 들어오지 않으리라."

싯다르타는 성을 벗어나자 길을 재촉했다. 말발굽 소리만이 밤하늘에 울려 퍼졌다. 이따금 숲에서 밤새들의 울음소리가 들려 올 뿐 태자와 찬다카는 한마디 말도 없었다.

아누피야 고을을 흐르는 아노마 강을 건너자 먼동이 트기 시작했다. 새벽의 맑은 강바람이 상쾌하게 불어왔다.

싯다르타는 말에서 내렸다. 시종의 손을 잡으면서 부드럽게 말했다.

"찬다카, 수고했네."

이 길이 태자의 출가임을 알아차린 찬다카는 흐느껴 울었다. 싯다르타는 강물에 얼굴을 씻고 허리에서 칼을 뽑아 치렁치렁한 미리칼을 손수 잘랐다.

싯다르타는 이렇게 출가를 결행합니다. 싯다르타의 출가는 목숨을 건 일이었습니다. 우리가 출가하기까지에도 부모님의 반대나 여러 가지 어려움들이 있었겠지만, 싯다르타의 출가는 우리의 그런 어려움과는 견줄 바가 아니었습니다. 그것은 현실적으로 목숨이 걸린 일이었습니다.

싯다르타의 나라 카필라 국은 약소국이었습니다. 게다가 강대국들이 둘러싸고 있어서, 정치적인 상황은 일촉 즉발의 위기에 놓여 있었습니다. 상황이 상황인 만큼 태자의 거취는 그 나라의 운명과 직결되는 일이었습니다. 또 아무리 작은 나라라고 하지만 내부적으로도 정치적인 갈등이 있게 마련입니다. 호시탐탐 그 자리를 노리는 경쟁자가 있고, 여러 가지 갈등과 대립이 끊임없었습니다. 모든 국민이 싯다르타를 지지하였다고도 볼 수 없습니다. 반대파에 속하는 사람들이 태자에 관한 정보를 다른 곳에 제공하거나 태자를 납치하여서 그 나라의 운명에 결정적인 영향을 줄 수도 있었습니다.

싯다르타는 이렇듯이 처신이 자유롭지 못하였습니다. 오늘의 우리가 출가하는 것과는 문제가 다릅니다. 홀홀 단신으로 성을 뛰쳐나가 수행을 하다가 경쟁자에 의해서 죽임을 당하거나 적국에 볼모로 잡힐 경우에는 국가의 안위에 심각한 문제를 가져오게 됩니다. 그렇기 때문에 싯다르타의 출가를 한사코 만류하고 군사를 시켜 성을 지키도록 한 것은 나라의 안위 차원에서 당연한 일이었습니다.

고전에 보면, 군사들이 지키고 있는 성을 말을 타고 뛰어넘어 나가는 장면이 매우 신화적으로 묘사되어 있습니다. 이를 두고 흔히 부처님의 위대함을 강조하기 위한 묘사쯤으로 이해합니다. 그러나 실제의 심각한 상황을 헤아리면 그것은 단순히 신화적으로 과장된 묘사가 아닐 수도 있습니다.

왕궁을 떠나 출가하는 것 자체가 목숨을 건 일이었습니다. 국가적으로는 나라와 민족의 운명이 좌우되는 일이고 개인의 처지에서는 자신의 목숨이 걸린 일이었습니다. 이렇듯 복잡하고 어려운 상황에서도 출가의 길을 선택할 수밖에 없었던 것은 그 길이 그만큼 싯다르타에게는 절박했기 때문입니다. 그런 어려움을 무릅쓰고 출가를 할 수밖에 없던 심정을 이해하지 못하면 부처님의 출가 정신을 진정으로 받아들이기가 쉽지 않을 것입니다.

싯다르타 태자는 말을 타고 성을 나간 뒤 얼마쯤 가서 머리를 자르고 사냥꾼하고 옷을 바꿔 입고 난 뒤에야 안도의 한숨을 쉬었습니다. 비로소 출가했구나 하는, 안도의 한숨이었습니다. 물론 그 뒤의 수행 과정도 목숨을 걸 만큼 절박했지만, 싯다르타는 출가에서부터 이처럼 목숨을 걸어야 했습니다. "지금까지의 역사에서 제시되어 온 문제 해결 방식은 올바른 길이 아니다, 무언가 참다운 길을 찾아야 한다"는 생각이 뼛속 깊이 사무쳤으므로 목숨을 걸고서라도 출가를 결행한 것입니다.

여러 가지 정황으로 볼 때 싯다르타의 출가는 그 목적이 단순히 개인적이거나 내면적인 문제의 해결에 국한된 것이 아니었습니다. 그리고 구체적인 현실과 구체적인 상황 자체가 목숨을 걸지 않고서는 할 수 없는 일이었습니다. 우리는 이 부분을 주목해야 합니다. 그래야 싯다르타의 출가를 제대로 이해할 수 있습니다. 어쩌면 자기 한 목숨이야 죽기를 각오할 수도 있을 것입니다. 그러나 나라와 민족의 운명이 자기에게 달려 있음을 생각하면 말 한마디, 행동 하나, 결심 하나도 쉽게 할 수 있는 처지가 아니었습니다. 개인적인 처지에서라면 나라와 민족을 위해 차라리 자신의 뜻을 포기하는 것이 인지상정일 터입니다. 그런데, 나라와 민족의 운명이 자칫 위태로워질 수 있는 상황을 무릅쓰고 출가의 길을 가야만 했던 문제가 도대체 무엇일까요? 도대체 그 길은 어떤 길일까요?

싯다르타는, 자기 한 몸을 위해서가 아니라, 이 세상을 위해, 나라와 민족을 위해, 부모 형제를 위해, 아내와 아들을 위해 가야 할 참된 희망의 길이 왕위를 잇는 데 있지 않다고 판단했습니다. 그 참된 희망의 길은 비단 나라를 지키는 데에 있지 않을 뿐더러 민족을 지키는 데에도, 부모 형제를 모시는 데에도, 아내와 아들을 사랑하는 데에도 있지 않음을 알았습니다. 오로지 온갖 모순과 고통으로 뒤엉켜 있는 삶의 문제를 근본적으로 해결할 수 있는 길을 찾아내는 일만이 참으로 세상과 사람들을 위하는 일이라고 여겼습니다.

> "이 목걸이를 부왕께 전하여라. 그리고 싯다르타는 죽은 것으로 생각하시라고 말씀드려라. 내 뜻이 이루어지기 전에는 죽는 한이 있어도 돌아가지 않을 것이다. 나는 왕위 같은 세속의 욕망에는 털끝만큼도 미련을 갖고 있지 않다. 다만 생로병사의 괴로움에서 벗어나기 위해 이 길을 걷는다고 말씀드려라."

결코 누가 미워서나 세상이 싫어서나 무엇이 귀찮아서가 아니라, 문제를 근원적으로 해결하는 길을 찾기 위해서임이 명확하게 드러나 있습니다. 그 길만이 자신을 위하고 세상을 위하고 모든 것을 위하는 길이라고 판단한 것입니다. 싯다르타의 출가는 그 과정 자체가 대단히 지난합니다. 바로 이 점을 염두에 두고 싯다르타의 출가를 생각해야만 출가의 참뜻을 올바르게 새길 수 있습니다.

결심한 바를 구체적인 행동으로 옮기는 단계가 출가입니다.

부처님이 부처가 될 수 있었던 것은, 대비 원력의 문제 의식을 가지고서, "일상적으로" 출가의 삶을 산 덕분입니다. "출가 정신을 일상 속에서 실천함으로써 부처가 될 수 있었다"는 것입니다. 출가는 한번에 크게 결심하고 실천하는 것일 수도 있지만, 어떻게 보면, 순간순간마다 결심하고 실천하는 것이기도 합니다.

그러면 과연 무엇으로부터의 출가인가? 바로 우리를 유혹하고 미혹시키고 집착하게 하는 모든 것들로부터 떠나는 출가입니다.

우리는 대개 순간순간마다 유혹을 받고 집착을 일으킵니다. 이를테면, 멋진 아가씨를 보면 "야, 멋지다, 연애하고 싶다, 같이 자고 싶다"는 생각이 들 수가 있습니다. 이것이 미혹이고 집착입니다. 그 때 그 순간마다 그러한 미혹과 집착으로부터 재빨리 단호하게 떨쳐나올 수 있어야 합니다. 이것이 일상적인 생활 속에서의 출가입니다.

또 어떤 상황에 부딪쳐서 누군가를 향해 분노와 증오의 감정이 생기거나 그런 감정이 막 분출하려고 할 때에도 마찬가지로 우리는 재빨리 출가하여야 합니다. 곧, 그런 감정을 그 순간에 냉철하게 떨쳐 내야 합니다. 그러고서 주체적인 자기 평정의 상태로 되돌아와야 합니다. 이처럼 출가 정신이 일상 속에서 생활화되어야 하는 것입니다.

대비 원력의 정신으로, 대비 원력의 문제 의식으로 일상 속에서 출가를 생활화하는 것이 수행의 전부라고 해도 털끝만큼도 어긋남이 없습니다.

부처님의 출가를 옛 스님들은 "위대한 버림", "위대한 포기", "위대한 떠남"으로 정리하였습니다. "위대하다"고 한 것은 바로 문제를 본질적으로, 근원적으로 풀어 간 길이었기 때문입니다. 지엽적으로, 현상적으로, 미봉책으로 해결한 것이 결코 아닙니다. 뿌리를 뽑아 내는 길을 가기 위한 선택이었기 때문에 위대하다고 한 것입니다.

출가는 흔히 두 가지 의미로 해석을 합니다. 마음의 출가인 심출가心出家와 몸의 출가인 신출가身出家가 그것입니다.

수행자의 길에 들어선 여러분은 이미 몸의 출가를 하였습니다. 세속과의 관계를 끊고, 부모 형제와 이별하고, 이 길에 들어선 것입니다. 세속의 공간, 세속의 삶의 조건, 세속의 인연들을 떨쳐 버리고 머리 깎고 행자복을 입었으니 몸의 출가를 이룬 것입니다. 그와 동시에 이루어야 하는 것이 마음의 출가입니다. 곧, 세속에서 갖고 있던 욕망과 꿈을 모두 내던지고 부처님의 가르침인, 연기의 세계관에 입각한 사상과 정신 그리고 삶의 방식을 선택해야 합니다. 세속에서 가졌던 사상과 정신을 모두 내던지고 이제는 부처님의 가르침에 입각한 사상과 정신을 갖고 살아가야 합니다. 결국 마음의 출가는 "삶의 세계관과 삶의 방식의 전환"을 일컫습니다.

16. 부처님이 출가하면서 반드시 돌아오겠다고 한 까닭

또 한 가지 주목해야 할 부분이 있습니다. 부처님은 주변의 모든 사람이 말리는 것을 무릅쓰고, 목숨을 걸고 출가하였습니다. 한편으로는, 출가하면서 "나는 반드시 돌아온다!" 하고 절규하듯이 외쳤습니다. 부처님의 생애를 다룬 고전 자료에는 이 부분이 있지만, 현대 학자들은 아무도 이 부분을 주목한 사람이 없습니다. 그러나 그 안에 담긴 의미를 제대로 이해해야 부처님의 출가 정신을 제대로 이해할 수가 있습니다. "나는 반드시 돌아온다!"는 그 외침에 담긴 의미를 놓치면, 자칫 잘못하여 출가 정신을 왜곡할 수가 있습니다. 따라서 우리는 이 부분에 크게 주목해야 합니다.

"나는 반드시 돌아온다."

싯다르타는 이것을 "나는 반드시 출가하겠다"와 똑같은 결연함과 비장함으로 말하고 있습니다.

많은 사람들이 출가를 그저 세상을 떠나는 것쯤으로 이야기합니다. 그러다 보니 출가를 마치 세상을 피해 도망치는 일처럼 생각합니다. 실제로, 수행이라는 명분으로, 여기가 시끄러우니까 더 소용한 데를 찾아서, 여기가 복잡하니까 좀더 한가한 데를 찾아서 끊임없이 도피하곤 합니다.

그러나 그것은 출가가 아닙니다. 출가는 도피가 아닙니다. 출가는 그렇게 나약하고 안일한 정신일 수 없습니다. 출가는 그야말로 이 세상에서 가장 용감한 결심이며 행동입니다. 왜냐 하면 중생을 죽이고 부처를 선택하는 길이기 때문입니다.

중생을 철저하게 죽이지 않으면 부처가 될 수 없다고 하였습니다. 출가라고 하는 것은 중생을 포기하고 부처를 선택하는 일입니다. 미혹을 포기하고 깨달음을 선택하는 일입니다.

그러면 중생은 무엇인가? 우리가 죽여야 할 중생은 무엇일까요?

중생은 다른 것이 아닙니다. 바로 무지함과 집착입니다. 탐진치貪瞋痴, 곧, 욕심과 성냄과 어리석음이 바로 중생입니다. 중생을 철저하게 죽여야, 다시 말해, 탐진치를 뿌리째 뽑아서 죽여야 비로소 깨달음의 부처를, 지혜와 자비의 부처를 실현할 수 있습니다. 그러지 않고 그것에 미련을 두고 있다면 아무리 애를 써도 부처가 될 수 없습니다.

"반드시 돌아오겠다"고 한 그 말을 깊이 새겨야 합니다.

부처님의 생애나 부처님의 말씀을 기록해 놓은 경전을 보면 자기 자신을 위해 출가한다는 표현은 어디에도 없습니다. 오로지 중생을 위해, 세상을 위해 출가한다고 했습니다. 모순과 고통의 문제를 근원적으로 본질적으로, 해결하기 위해 출가한다고 했는데, 모순과 고통의 문제는 비단 싯다르타 개인만의 문제가 아닙니다. 인류 모두의 문제입니다. 출가 수행의 길에는 자기 중심의 이기적인 사고 방식은 털끝만큼도 있을 수가 없습니다. 만일에 조금이라도 자기 개인의 문제를 위한 것이 있다면 그는 결코 출가 수행자가 아닙니다. 그렇건만, 많은 이들이 부처님의 발심 내용과 출가 정신을 제대로 이해하지 못한 소치에서, "수행"이라고 하면 이 세상과는 관계없는, 자기 개인의 문제를 해결하는 것으로 잘못 생각하고는 합니다.

부처님은 경전에서 중생을 위해, 세상을 위해 출가한다고 했습니다. 그런데, 대승 불교만 그렇지, 초기 불교는 개인의 문제를 해결하려고 출가 수행하는 것이라고 말하는 이들이 더러 있습니다. 결코 그렇지 않습니다. 경전을 종합적으로 잘 파악해 보면 부처님은 중생을 위해, 세상을 위해 출가하였음이 뚜렷하게 드러납니다.

중생과 세상이라는 것은 바로 미혹과 집착이라고 했습니다. 탐진치라고 했습니다. 무지와 탐욕의 세상이기 때문에 "삼계화택"이고 "일체개고"인 것입니다. 이 문제를 해결하기 위해 출가하였기 때문에 부처님의 삶을 대자비의 삶이라고 하는 것입니다.

대자비심의 원력 때문에 죽어도 출가한다고 하였고, 또한 반드시 돌아온다고 하였습니다. 출가의 의미와 돌아옴의 의미는 같은 것입니다. 출가도 자비심 때문이고 돌아오는 것도 자비심 때문입니다. 떠나는 것은 미혹과 고통의 문제, 탐진치의 문제, 세상의 문제를 근원적으로 해결하기 위함입니다. 삶의 문제를 근원적으로 해결하기 위해 자신의 인생과 자신의 목숨을 건 것입니다. 그리고 반드시 돌아온다고 한 것은 사랑하는 민족, 부모 형제, 아내와 아들, 친구와 이웃들에게 미혹과 고통에서 근원적으로 벗어날 수 있는 길을 가르쳐 주기 위해서 돌아옴을 의미합니다. 그 길은 혼자만의 길이 아니고 만인이 가야 할, 만인의 길이기 때문입니다. 역사를 몹시도 사랑하기 때문에, 부모 형제를, 아내를, 아들 딸을, 친구들을 몹시도 사랑하기 때문에, 그들이 미혹과 고통의 수렁에서 허우적거리는 것을 그대로 보고만 있을 수가 없었습니다. 그런 안타까운 현실을 외면할 수가 없었습니다. 이 역사와 이 사회에 대해 깊은 관심과 애정을 갖고 있기 때문에 미혹과 고통에서 완전히 벗어날 수 있는 길, 미혹과 고통이 근원적으로 해결될 수 있는 길, 그 길을 가르쳐 주기 위해, 그런 역사를 만들기 위해, 그런 세상을 만들기 위해, "반드시 돌아오겠다"고 한 것입니다. 이렇듯이 부처님의 떠나는 출가의 정신과 다시 돌아옴의 정신은 바로 지극한 동체 대비의 믿음에 뿌리를 둔 것입니다.

"나는 반드시 출가한다"와 "나는 반드시 돌아온다"는 말의 의미를 통일적으로 인식하고 실천해야 참된 의미의 출가가 이루어짐을 명심해야 합니다. 다시 말해, 출가라는 말 속에 들어 있는 의미를 두 가지로 받아들여야 합니다. 하나는 "위대한 버림"이고, 다른 하나는 "위대한 선택"입니다. 버리기만 해서는 되지 않습니다. 대안이 있어야 합니다. 무조건 도망 가는 것은 결코 대안이 될 수가 없습니다. 문제를 제기했으면 대안을 제시해야 합니다. 버림은 이 세속의 탐진치의 삶, 미혹과 집착의 삶, 미혹과 고통을 되풀이하는 중생의 삶을 마땅히 버리는 것입니다. 그와 동시에 새로운 선택을 해야 합니다. 마땅히 미혹과 고통의 삶이 해결되는 참된 길을 선택해야 합니다. 연기법의 사상과 정신에 입각한 팔정도의 길, 곧, 지혜와 자비의 길을 가야 합니다.

출가란, 그렇듯이, 하나는 모순과 고통을 되풀이하는 중생의 삶을 버리는 것이고, 다른 하나는 깨달음과 자유를 실현하는 길인 부처님의 삶을 선택하는 것을 의미합니다. 떠남의 의미도, 되돌아옴의 의미도 똑같이 대비 원력의 정신을 실천하는 두 가지 모습임을 직시해야 합니다.

결론적으로 말하면, 출가란 중생의 길을 버리고 부처의 길을 선택하는 것입니다. 그렇기 때문에 출가는 구체적인 현실 문제로부터 도피하거나 그것을 회피하는 것이 결코 아닙니다. 오히려 문제를 정면으로 마주하여 문제를 근원적으로 해결하려는 태도를 견지하는 것이 출가의 본래 의미입니다.

17. 초인적인 신비 체험을 일거에 버리게 한 힘은?

싯다르타는 출가와 더불어 구도의 삶을 시작하였습니다. 문제를 해결할 길을 지도받으려고 스승을 찾아 다니고, 결국 훌륭하다는 스승을 찾아가 수행 방법을 지도받았습니다. 그리하여 열심히 수행하여 마침내 그 스승이 가르쳐 준 경지에까지 이르렀습니다. "그대는 나와 똑같은 경지에 이르렀으니 나와 함께 있으면서 제자들을 지도하는 것이 어떻겠는가" 하고 스승이 제안하였습니다. 그러나 싯다르타는 그 청을 거절하고 그 곳을 떠났습니다. 문제가 해결되지 않았다고 보았기 때문입니다. 그러고는 더 유명한 스승을 찾아가 일러 주는 대로 수행하고 또 그 스승과 같은 경지에 올랐습니다.

> "자네 같은 천재를 만나 기쁠 따름이네. 자네는 이미 내가 얻은 경지에 도달하였네. 이제는 나와 함께 우리 교단을 이끌어 나가세."
>
> 그러나 싯다르타는 그것으로 만족할 수 없었다. 좀더 높은 경지가 있을 것이라고 확신했다. 그는 무념 무상의 상태가 위없는 열반의 경지가 아님을 알았다. 그는 스승과 하직하고 좀 더 높은 수행의 길을 찾아 떠났다.

싯다르타가 체험한 경지는 대단했습니다. 초인적이고 신비한 경지였습니다. 무념 무상이라는 표현까지 쓸 만큼 놀라운 경지였습니다. 그러나 싯다르타는 거기에 만족스러워하지 않았습니다.

요즈음 제법 신비한 경지에 다다른 요가나 명상가들에 대한 이야기가 적잖이 소개되고 있습니다. 그것은 쉽게 말하면 신통을 부리는 경지입니다. 그런데 싯다르타가 체험한 경지는 그 경지보다도 훨씬 더 높고 깊은데도 "이것이 아니다" 하고 떠납니다. 어떻게, 도대체 무엇 때문에, 무슨 생각으로 "이것이 아니다"라고 판단을 했을까요?

싯다르타의 스승들도 생사 문제를 다루는 사람들이었습니다. 그 무렵에 종교 지도자들은 우리의 상상을 뛰어넘을 만큼 매우 비범한 인물들이었습니다. 그 사람들도 삶의 문제를 근원적으로 해결하려는 본질적인 문제 의식을 갖고 수행하는 사람들이었습니다. 싯다르타가 그들과 똑같은 경지에 다다른 뒤에 그것을 부정하고 떠날 수 있던 그 힘은 어디에서 나오는 것일까요? 그 정도의 경지면 스승도 될 수 있고 존경받을 수도 있는데 그것을 버리고 떠나게 한 힘이 과연 무엇일까요?

그것은 한마디로 대비 원력大悲願力의 발심입니다. 이 대비 원력의 발심 내용은 싯다르타의 수행 과정에서부터 결과에까지 관통하고 있습니다. 대비 원력의 문제 의식이란 바로 존재에 대한 근원적인 물음이요, 근원적인 해결을 위한 다짐입니다. 근원적인 문제 의식이 투철하기 때문에 존재에 대한 의문이 끝나지 않는 한 그 어떤 신비한 체험도 무의미합니다. 그러니 싯다르타가 그것을 부정한 것은 당연한 일입니다. 마음이 평화롭기도 하고 삼매를 경험하여 환희를 느끼기도 하며 아주 신비한 체험을 하기도 했지만 자신이 고뇌한 문제 의식은 뿌리도 보이지 않고 풀리지도 않았습니다. 그래서 싯다르타는 아무리 환희심을 느끼게 하는 경지라 하더라도 그 근원적인 문제가 풀리지 않았기 때문에 "아니다"라고 판단한 것입니다.

여러분이 실제로 수행을 하다 보면 앞으로 다양한 체험을 많이 하게 될 것입니다. 하지만 자칫 잘못하면 맹목적인 체험 지상주의에 빠지게 될 수도 있습니다. "내가 이런 경지를 체험했으니 깨달은 것이다" 싶은 느낌이 드는 때가 있을 수 있습니다. 이것은 대단히 위험합니다. 그러나, 발심 내용이 올바르고 확실하게 잡혀 있으면, 여러분이 나아가야 할 올바른 수행의 길에서 빗나가지 않고 오류에 빠지는 일 없이 본래 바라는 궁극적인 자리에까지 갈 수 있습니다.

싯다르타가 높은 경지를 체험하고서도 그것을 부정하고 자기가 본래 뜻한 대로 문제 해결을 위해 길을 떠날 수 있었던 것은 바로 발심의 내용이 올바르고 투철했기 때문입니다. 생사의 문제에서 해탈할 수 없었기 때문이라고도 할 수 있지만, 사실 이 부분은 논란의 소지가 있습니다. 당시 그런 스승쯤이면 앉아서도 죽을 수 있고 누워서도 죽을 수 있는 능력을 가진 사람들이었습니다. 그러나 그렇게 자신의 죽음을 마음대로 조정할 수 있는, 초인적인 능력을 가졌다고 해서 생사의 문제가 해결되는 것은 아닙니다. 앉아서 죽든 누워서 죽든 그런 현상적인 문제는 근원적인 것이 아닙니다. 곧, 도라고 하는 것은 초인적이고 신비한 것과는 관계가 없다는 말입니다.

요즈음의 불교 풍토를 보면 스님이 입적할 때 어떤 모습으로 입적하였는지를 지나치게 중요시하는 경향이 있습니다. 앉아서 입적하였는지 누워서 입적하였는지 따위를 가지고 시시비비를 따지기도 합니다. 사리가 나왔는지의 여부에 따라, 단정하게 가부좌를 하고 입적하였는지의 여부에 따라 그 스님은 도인이다 아니다, 큰스님이다 아니다라고 규정하고는 합니다. 앉아서 입적하는 일에 그토록 집착하는 까닭을 도저히 알 수가 없습니다. 굳이 따지자면 부처님도 누운 자세로 입적하였습니다. 돌아가실 무렵 심하게 병을 앓기도 했습니다. 그렇다면 부처님은 도인이 아니란 말입니까, 깨닫지 못했다는 것입니까? 신비로운 체험과 현상에 가치를 부여하는 사고와 태도는 불교의 본래 사상과 정신에서 크게 빗나간 것입니다. 도대체 앉아서 죽으면 어떻고 서서 죽으면 어떻다는 말입니까? 큰스님이라면, 도인이라면 앉아서 죽어야 한다는 편견과 선입견 때문에 심지어는 억지로 앉혀서 입적하게 하는 경우도 있습니다. 누워 있는 분을 억지로 일으켜 세워 가부좌를 틀게 하여 앉아서 죽음을 맞게 하는 것은 지극히 부당한 일이거니와 세상을 기만하는 일이기도 합니다. 이런 잘못된 편견과 선입견이 오늘의 한국 불교를 더욱 한심하게 만들고 있음이 사실입니다.

싯다르타가 신비한 경지에 이르고서도 그것을 버릴 수 있었던 것은 그의 발심의 내용이 올바르고 투철했기 때문입니다. 앞에서도 수행이란 준비한 만큼 되는 것이라고 말한 바 있습니다. 다시 한번 강조하건대, 수행을 올바르고 순탄하게 하려면, 그에 대한 준비로서, 부처님과 불교에 대해 온전하게 파악하고 이해하여 올바른 방향을 확립하는 일이 무엇보다도 중요합니다.

5강

우리는 아침 저녁으로 예불할 때마다 "지심귀명례至心歸命禮"를 외웁니다. "지극한 마음으로 목숨 바쳐 돌아가 예배 드리나이다." 이 짧은 말 속에 불교의 모든 사상과 정신, 그리고 실천 내용이 다 들어 있습니다. 거기에는 선禪의 정신도 있고, 기도의 정신도, 참회의 정신도, 경전의 정신도 다 있습니다. 불교의 모든 것이 "지심귀명례"라는 이 한마디 말에 함축되어 있습니다.

몸과 입과 생각으로 짓는 세 가지 업이 다 같이 통일적으로 "지심귀명례"가 되도록 해야 합니다. 그러려면 몸으로도 정숙하고 겸손하고 진지해야 하고, 마찬가지로 생각으로도 진지하고 겸손하고 또 지극한 정성을 쏟아야 합니다. 그렇게 할 때에 비로소 변화할 수 있고 향상할 수 있습니다. 몸과 생각이 함께가 아니면 자칫 잘못하다가는 형식주의나 관념주의로 흘러 버리기가 쉽습니다. 형식주의는 몸으로만 하는 것이고, 관념주의는 생각으로만 하는 것입니다. 형식주의에 빠지면 수행과는 관계없는 위선적인 삶을 살게 되고, 관념주의로 흐르면 생활 속에서의 실천이 따르지 않는 공허한 삶이 될 뿐입니다.

이를테면, 여러분이 절하는 모습을 보면 꽤 반듯하고 흐트러짐도 없습니다. 어느새 절하기가 몸에 배어 익숙해진 것이지요. 그런데 몸뚱어리가 익숙해진 만큼 생각도 따라서 그만큼 익어야 한다는 것입니다.

절하고 염불하는 모습은 겉으로 보기에 더없이 진지하고 그럴 듯한데 생각이나 마음은 그만하지 못하다면, 그것은 수행이라고 할 수 없습니다. 몸과 마음을 하나로 일치시켜 몸이 절할 때에 마음도 함께 절할 수 있어야 합니다.

권위주의가 지배하는 사회를 봅시다. 사람들은 지위나 이름이 높은, 이른바 권위 있는 사람을 보면 대개가 몸으로는 고개를 수그리지만 마음으로는 수그리지 않습니다. 만일 우리의 수행 생활도 그렇다면 그것은 수행은커녕 위선일 뿐입니다. 진실되지 않은 위선적인 사고와 행위를 하는 한 온전한 수행은 이루어질 수가 없습니다. 늘 몸과 마음을 하나로 통일시킬 수 있도록 노력하는 것이 수행입니다.

그런 점에서 오늘날의 수행자들이 빠지기 쉬운 문제가 두 가지 있습니다. 하나는 게으른 것이고 다른 하나는 잘못하는 것입니다.

전자의 경우는 몸이 게으르다 보니 수행은 하지 않고 지식으로만 알고 지나가려는 경우입니다. 불교 경전을 나름대로 열심히 공부하지만, 그것을 수행 실천으로 승화시키지 못하기 때문에 한갓 지식 습득의 범주에 머무르고 말 뿐입니다. 후자의 경우는 열심히 수행하긴 하지만 그 내용과 방향이 잘못된 경우입니다. 불교 지식을 수행으로 연결시키지 못하는 것이 참으로 큰 문제입니다.

아무쪼록 여러분은 몸과 마음을 하나로 통일시켜 몸이 고개를 숙이면 마음도 같이 고개를 숙일 수 있기를 바랍니다.

모순과 혼란은 어느 시대에나 존재합니다. 부처님 당시에도 모순과 혼란은 있었습니다. 사람들은 옛날에는 모든 것이 다 좋았다고 생각하는 경향이 있는데, 따져 보면 결코 그렇지가 않습니다. 어쩌면 오히려 부처님 당시에는 불교가 처음 시작되었기도 하려니와 또 부처님의 승가에 참여한 대중이 지적인 능력이 낮아서 더 어수선한 일들이 많았을 수도 있습니다. 아닌 게 아니라, 그 때에 제정된 계율의 내용을 보면, 아주 상식적이고 일반 교양과 관계된 문제들이 잘 지켜지지 않아 늘 말썽이 생겼고, 결국 그것 때문에 계율이 제정된 것을 알 수 있습니다. 지금에 견주어 훨씬 더 단순하고 소박했던 옛날이라고 해서 늘 그림같이 모든 일이 척척 이루어졌던 것은 아닙니다. 오늘날도 모순과 혼란이 있기는 마찬가지입니다. 다만 이상을 향해 끊임없이 노력할 따름입니다.

18. 부처님이 간 길과 우리가 가는 길의 차이점

그는 문득 생각했다.

"어디를 찾아가 보아도 내가 의지하여 배울 스승은 없다. 이제는 나 자신이 스승이 될 수밖에 없구나. 그렇다. 나 혼자의 힘으로 깨달아야만 한다."

싯다르타는 지금까지 밖으로만 스승을 찾아 헤매던 일이 오히려 어리석게 생각되었다. 가장 가까운 데에 스승을 두고 먼 곳에서만 찾아 헤맨 것이다. 이제는 자기 자신밖에 의지할 데가 없다고 생각을 돌이키자 자신의 존재 의미가 새로워졌다.

싯다르타는 우선 머물러 도를 닦을 곳을 찾았다. 마가다국의 가야라는 곳에서 멀지 않은 우루벨라 마을의 숲이 마음에 들었다. 아름다운 숲이 우거진 이 동산 기슭에는 네란자란 강이 잔잔히 흐르고 있었다. 싯다르타는 이 곳을 수도장으로 정했다.

다른 스승에게서도 더 기대할 것이 없다는 판단이 서자, 이처럼 싯다르타는 마침내 자기 나름대로 수행의 길을 모색해 보기로 마음을 정리하였습니다.

그런데 부처님이 당시에 그렇게 수행한 것과 우리가 부처님의 가르침을 따라 수행하는 것에는 어떤 차이가 있을까요?

부처님이 출가했을 때는 길이 제시되어 있지 않았습니다. 그래서 스스로 길을 찾아갈 수밖에 없었습니다. 그러나 우리는 부처님이 찾아내어 제시한 길을 따라가고 있습니다. 바로 이 점이 다른 점입니다. 부처님은 길이 없는 상태에서 스스로 그 길을 찾았고, 우리는 부처님이 제시한 길을 따라가고 있습니다. 덕분에 우리가 가는 길은 참으로 안전하고 편안합니다. 길 없는 곳에서 길을 가는 것과, 있는 길을 따라가는 것의 차이는 비교할 수도 없을 만큼 차이가 큽니다.

부처님께서 길을 제시해 준 것이 얼마나 중요하고 고마운 일인지를 우리는 알아야 합니다. 삶에 대한 고뇌가 사무쳐서 문제를 근원적으로 해결하는 데에 자기의 인생을 걸어 본 사람만이 부처님이 얼마나 고마운지를 알 수 있습니다. 따라서 열심히 수행하지 않은 사람은 부처님의 고마움을 알 수가 없습니다. 부처님의 은혜가 부모님의 은혜보다 더 크다고 이야기하는 까닭이 여기에 있습니다. 삶에 대해, 수행에 대해 뼈에 사무치게 고민해 본 적이 있는 사람이라면 부처님의 고마움을 알 수가 있습니다.

수행자들은 명심해야 합니다. 비록 우리가 부처님이 가르쳐 준 길을 따라가고는 있지만 그 길은 자기 스스로가 찾아가야 한다는 것을 말입니다. 진리의 길은 아무도 대신해 줄 수가 없습니다. 스스로 찾아가고, 스스로 터득해야만 하는 길입니다.

이천육백 년이라고 하는 긴 세월을 지내 오면서 부처님의 가르침은 많은 부분이 왜곡되고 변질되었습니다. 본디의 모습을 알아보기 어려울 정도로 이끼가 끼고 때가 끼었습니다. 부처님이 제시한 길에 어느새 잡초가 무성하게 자랐습니다.

지금 우리는 두텁게 낀 이끼를 걷어 내고 무성하게 자란 잡초를 헤쳐 가면서, 우리 스스로 길을 찾아내지 않으면 안 됩니다. 역사적 상황이 그렇습니다. 우리 스스로 이끼를 걷어 내고 잡초를 헤치며 나아가야만 본래의 길을, 올바른 길을 찾아 나갈 수 있음이 오늘의 현실입니다. 한편, 진리의 속성이 또한 그렇습니다. 비록 부처님이 길을 제시해 주긴 하였지만 우리가 스스로 주인이 되어 찾아가야 하는 것이 진리의 길입니다.

19. 부처님의 깨달음의 과정과 그 내용

싯다르타는 자기 방식의 길을 찾아가기 위해 지금까지 경험한 것들을 종합하여 자기 정리를 합니다.

> "사문들 가운데에는 마음과 몸은 쾌락에 맡겨 버리고 탐욕과 집착에 얽힌 채 겉으로만 고행하는 사람들이 있다. 이런 사람들은 마치 젖은 나무에 불을 붙이려는 어리석은 사람과 같다. 몸과 마음이 탐욕과 집착을 떠나 고요히 자리잡고 있어야 그 고행을 통해 최고의 경지에 이를 수 있으리라."
>
> 이와 같이 고행에 대한 근본적인 태도를 굳게 정한 뒤, 싯다르타는 참담한 고행을 시작했다. 아무도 이 젊은 수행자의 고행을 따를 수가 없었다. 싯다르타는 그 무렵 인도의 고행자들이 흔히 행하는 고행 가운데에서도 가장 힘든 고행을 골라서 수행했다. 먹는 것도 자는 것도 거의 잊어버렸다. 낟알 몇 톨과 물 한 모금으로 하루를 보내는 때도 있었다. 그의 눈은 해골처럼 움푹 들어가고 뼈은 가죽만 남았다. 몸은 뼈만 남은 앙상한 몰골로 변해 갔다. 죽지 않고 살아 있다는 것이 신기할 정도였다.
>
> 그러나 싯다르타는 여전히 번뇌를 완전히 끊지 못했고 삶과

죽음을 뛰어넘지 못했다. 그는 여러 가지 무리한 고행을 계속 했다. 곁에서 수행하던 다섯 사문들은 너무도 혹독한 싯다르타의 고행을 보고 그저 경탄의 소리를 되풀이할 뿐이었다.

그 무렵 인도 사회는 고행주의가 지배하던 때였습니다. 그 가운데에서도 싯다르타는 역사에서 가장 극심한 고행을 실행했다고 합니다. 과거부터 현재까지 그 누구도 싯다르타만큼 심하게 고행한 사례는 찾아볼 수 없습니다. 아마 미래에도 그 같은 고행을 실천하는 사람은 나오지 않을 것입니다. 과거와 현재와 미래를 통틀어 그 누구도 실천할 수 없고 경험할 수 없는 모진 고행을 실천한 것입니다.

부처님의 고행상을 사진으로 많이 보았을 것입니다. 그 모습이 경전에는 퍽 사실적으로 묘사되어 있습니다. 그러니까 그 고행상은 그저 상상으로 빚어 낸 것이 아니고 경전에서 일러 주는 대로 조각한 것입니다. 그 고행상을 바라보고 있노라면, 저는 싯다르타가 삶의 문제를 얼마나 절실하고 치열하게 고민하였기에 자신의 목숨을 내던지다시피 하면서 그 길을 가려고 했을까 하는 생각이 듭니다. 그 문제가 인생에서 얼마나 중요했으면, 또 얼마나 그 길이 아니면 안 된다는 확신이 투철했으면 그런 삶을 살 수 있었겠습니까?

그 길만이 살 길이라는 자기 확신이 없으면 목숨을 바칠 만큼의 모진 고행을 실천하는 것은 불가능합니다. 의지만 가지고서 되는 것이 아닙니다. 힘만 가지고서 되는 것도 아닙니다. 그것은 오로지 부처님의 발심 내용이, 그 대비 원력의 문제 의식이 몹시 사무쳤기 때문입니다. 그 길이 아니고는 그 어떤 길도 삶의 길이 아니라는 생각이 사무쳤기 때문에 가능했던 것입니다. 목숨을 걸고서라도 길을 찾지 않으면 안 된다는 절박함이 있었던 것입니다.

이에 비추어 다시 강조하건대, 수행이 얼마나 잘 되고 안 되고는 발심이 관건입니다. 발심의 내용이 얼마만큼 올바르고, 투철하고, 절실한지에 따라 수행의 내용이 좌우됩니다. 수행에 무슨 특별한 방법과 기술이 있는 것은 아닙니다. 방법이나 기술은 이차적인 문제입니다. 가장 기본이 되는 것은, 발심의 내용이 얼마나 올바르고 절실하고 투철한지에 따라 지속적이고 활기찬 수행의 여부가 결정된다는 것입니다.

싯다르타의 고행은 육여 년 동안 이어졌습니다.

> 고행을 시작한 지도 다섯 해가 지나갔다. 아무도 감히 흉내 낼 수 없는 지독한 고행을 계속해 보았지만 자기가 바라던 최상의 경지에는 이르지 못했다. 어느 날 싯다르타는 지금까지 해 온 고행에 대해 문득 회의를 느꼈다. 육체를 괴롭히는 일은 오히려 육체에 집착하는 것이라고 생각했다. 육체를 괴롭히기보다는 차라리 그것을 맑게 가짐으로써 마음의 고요도 가져올 수 있지 않을까 하는 데에 생각이 미쳤다. 그 동안 싯다르타는 수행의 방법에만 얽매인 나머지 저도 모르게 형식에 빠져 마음을 고요하고 깨끗하게 가지는 일에는 소홀하게 된 것이다.
>
> 그는 고행을 중지하고 단식도 그만두기로 했다. 그리고 지나치게 지쳐 버린 육체를 회복하기 위해서 네란자라 강으로 내려가 맑은 물에 몸을 씻었다. 그 때 마침 강가에서 우유를 짜고 있던 소녀에게서 우유 한 그릇을 얻어 마셨다. 그 소녀의 이름은 수자타라고 했다. 우유의 맛은 비길 데 없이 감미로웠다. 그것을 마시고 나니 그의 몸에서는 새 기운이 솟아났다.
>
> 이 광경을 멀리서 지켜보고 있던 다섯 명의 수행자들은 그에게 크게 실망하고 말았다.

부처님은 온전한 희망의 길을 찾기 위해 출가했습니다. 그런데 희망의 길이라고 믿었던, 그 무렵의 가장 대표적인 수행 방식인 고행주의에 실망하게 되었습니다. 당시에는 고행주의가 인도 사회를 지배하던 수행 방법이었고 최고의 신념이었습니다. 이천육백 년 전 싯다르타가 출가할 그 무렵에는 최고의 이상과 가치를 실현하는 길이 바로 고행주의였습니다. 그래서 싯다르타는 인간이 갖고 있는 문제를 근원적으로 해결하기 위해 세속을 버리고 고행주의의 길을 찾았습니다. 그러나, 누구도 일찍이 경험해 본 적이 없는 극심한 고행을 했지만, 존재에 대한 근원적인 문제는 풀리지 않았습니다. 결국 싯다르타는 고행주의가 올바른 방법이 아님을 깨닫고서, 그 길을 내던져 버립니다. 그리고 자기 방식의 길을 찾습니다.

싯다르타는 그 동안 자기가 경험한 것들, 자기가 만난 수행자들, 또 그들과 대화한 것 등 지나온 길에 대해서 자기 반성과 더불어 정리를 했습니다. 그러고는 새로운 길을 모색하기 위해 죽을 얻어 먹었습니다.

싯다르타가 고행을 포기하자 함께 고행하던 다섯 동료들은 싯다르타가 타락하고 변질했다고, 그에게서는 더 이상 기대할 것이 없다고 비난하면서 떠나 버립니다.

싯다르타가 고행하는 것을 보며 감탄하고 존경하고 기대를 걸었던 그 다섯 동료들이 비난과 경멸을 던지며 떠났다는 사실은, 무엇보다도, 당시 인도 사회를 지배하고 있던 최고의 가치 신념 체계가 바로 고행주의였음을 잘 보여주는 예입니다. 그 무렵의 그 같은 풍토와 정서에 비추어 볼 때 고행을 포기한다는 것은 사회로부터 비난받고 경멸받아 마땅한 일이었습니다. 그런 현실 속에서도 싯다르타는 과감하게 고행을 포기하였습니다. 대단히 용기 있는 결단이 아닐 수 없습니다.

싯다르타가 이렇듯이 과감하게 고행을 포기하고 새로운 길을 모색한 것은 당시 사회로부터의 출가라 할 수 있습니다. 고행을 포기한 출가는,

왕궁을 떠나온 세속으로부터의 출가와 더불어, 부처님의 일생에서 가장 커다란 출가입니다. 끝없는 버림과 떠남, 그리고 끝없는 새 길 찾기와 새로운 모색, 이것이 진정한 의미의 출가임을 잘 이해해야만 오늘의 우리의 출가가 참될 수 있음을 깊이 새겨야 합니다.

부처님의 생애를 다룬 옛 자료나 현대의 자료에 따르면, 싯다르타는 고행 수행을 포기하고 난 다음에 "중도 수행"으로써 깨달음을 얻었다고 합니다. 그런데 고행을 포기하고 난 다음에 행한 수행이 과연 어떤 내용이었고 어떤 방법이었는지에 대해서는 명쾌하게 밝혀져 있지 않습니다. 자기 나름대로 정리를 하고 수행을 했다고 할 뿐, 시원한 설명은 없습니다. 고전에 따르면, "극심한 고행을 해도 문제가 풀리지 않아서 그 동안의 경험을 종합 정리하게 되었다. 그 때 착안한 것이 열두 살 때 농경제에 참석했다가 경험한 선정定禪이었다. 고통에 시달리는 모든 생명에 대한 연민의 마음으로 나무 그늘에 앉아 명상에 잠겼을 때 체험한 평온함과 기쁨의 선정 체험을 회상하면서 그 방법 속에 길이 있지 않을까 하는 생각을 하게 되었다"라고 했습니다. 지금까지 걸어온 길에 대한 반성적인 성찰과 경험을 종합하여 정리한 다음에 농경제 때의 선정 경험을 토대로 하여 자기 나름대로의 방식을 찾아 수행하고 마침내 깨달음을 이루었다는 설명입니다.

저도 부처님의 생애에서 이 부분이 확연하게 이해되지는 않습니다. 이 부분을 어떻게 정리해서 풀어야 할지가 과제입니다. 그러나 저 나름대로 자료들을 참고하고 정리하여 우리의 간화선 전통과 성서에 맞추어 보면 대략 세 가지로 정리할 수 있을 것 같습니다. 비록 명쾌하게 밝혀지지는 않았지만, 또 꼭 이것이다라는 확신도 아직 부족하지만, 이제부터 그것에 대해서 이야기해 보려고 합니다.

20. 고행을 포기한 다음에 실천한 수행 내용

부처님이 고행을 포기한 다음에 실천한 수행의 내용과 방법은 무엇일까요?

수행을 하다 보면 처음의 의도와는 다르게 뒤죽박죽이 되어 버리는 경우가 있습니다. 목적보다는 방법에 매달리게 되어 자기도 모르는 사이에 형식주의에 흐르게 되는 경우가 비일비재합니다.

아무튼 싯다르타가 고행주의를 포기한 다음에 새롭게 시도한 수행의 내용과 방법이 과연 어떤 것이었는지를, 명쾌하지는 않지만, 다만 깨달은 뒤에 제시한 수행 방법론이나 수행 체계 따위를 미루어 이렇지 않았을까 하고 짐작해 봅니다.

첫째가 고통에 신음하는 모든 생명에 대한 뜨거운 연민의 마음입니다.

모든 살아 있는 것들에 대한 자비심입니다. 살아 있는 모든 것에 대한 연민심에는 자기 중심의 이기적인 사고나, 너와 나를 가르는 대립적인 사고는 발붙일 수가 없습니다. 연민심은 따뜻함, 침착함, 평온함의 상태에 이르게 합니다. 증오나 분노와는 달라서 마음의 평정을 유지할 수 있습니다. 분노, 원망, 증오, 원한 따위들은 마음에 격정을 불러일으키는 데에 반해, 진정한 연민심은 우리의 감정을 안정되게 하고 평정한 상태를 유지할 수 있게 합니다. 그런 의미에서 반야 선사는 대자비심이 아니면 참선 수행이 되지 않는다고 단언한 것입니다. 동체 대비同體大悲의 마음은 모든 수행의 근간이며 원동력입니다.

둘째는 직면한 현실의 고통을 그 원인을 찾아 해결하려는 투철한 문제 의식입니다.

고苦에 대한 투철한 문제 의식이 없으면 고통의 근본 뿌리를 찾아내어 뽑아 버릴 수가 없습니다. 싯다르타는 찾아간 스승들을 통해 무소유처정無所有處定, 비상비비상처정非想非非想處定을 체험할 수 있었습니다. 그러나, 인간이 생각할 수 있는 한계의 마지막 경지를 통하여 마음의 평정은 유지할 수 있었으나, 고의 실체가 되는 문제를 근원적으로 해결하지는 못하였습니다. 그 까닭은 무엇일까요? 그것은 자신의 안정과 평온을 실현하기 위하여 선정을 닦았을 뿐 문제의 근원을 밝혀 내려는 올바른 발심이, 다시 말해, 대비 원력의 문제 의식이 없었기 때문입니다. 이는 마치 과녁이 정확하지 않은데도 활을 쏘는 격이어서, 올바른 해결이 이루어질 수 없음은 필연적인 귀결입니다.

셋째는 문제를 근원적으로 해결하기 위한 집중적인 수행입니다.

곧, 모든 생명에 대한 연민심을 바탕으로 하여 이 세상의 고통이 근본적으로 무엇인지를 집중하여 지속적으로 명상하는 것입니다.

부처님의 중도 수행에 대해 이렇게 정리하고 보면, 한국 불교의 전통 수행인 간화선 정신과 실천 방법과도 맥이 닿아 있음을 알 수 있습니다.

살펴본 바대로 대비 원력의 문제 의식에 입각한 선정 수행에 의해 존재의 발생과 소멸의 원인이 선명하게 드러난 것입니다. 다시 말해, 싯다르타는 존재의 참 모습을 깨닫고서 마침내 부처님으로 태어난 것입니다.

부처님은 깨달음을 얻고서 그 때의 심정을 이렇게 시로 읊었습니다.

> "지극한 마음으로 삼매에 든 바라문에게 연기의 법이 선명하게 드러날 때 모든 의혹이 사라졌다. 모든 현상에는 그 원인이 있음을 환히 알았기 때문이다." (자설경)
>
> "이제는 두려워할 아무 것도 없다. 모든 이치가 그 앞에 밝게 드러났다. 태어나고 죽는 일까지도 환히 깨닫게 되었다. 온갖 집착과 고뇌가 자취도 없이 풀렸다. 우주가 곧 나 자신이고 나 자신이 곧 우주임을 알게 된 것이다."

그렇다면, 부처님은 목숨을 걸고 수행하여 얻은 깨달음을 통해서 무엇을 해결하였을까, 그것이 퍽 궁금해집니다. 그 내용은 과연 무엇이었을까요?

21. 깨달음을 통해서 무엇을 해결하였는가

보통 불교를 이야기할 때, 철학적 관점에서는 지적으로 미혹을 전환하여 깨달음을 얻는다고 하고, 종교적 관점에서는 심정적으로 고통을 여의어 즐거움을 얻는다고 하며, 도덕적 관점에서는 의지적으로 범부를 혁신하여 성인을 이룬다고 합니다. 이 세 가지가 통일적으로 완성되었을 때 비로소 부처가 되는 것입니다.

그렇다면, 첫번째의 철학적인 관점에 따라, 깨달음을 통해 해결된 문제가 과연 무엇일까요? 익히 아는 대로, 부처님은 깨달음을 통해 "생로병사에서 해탈했다"고 또는 "존재의 참 모습을 밝혀 냈다"고 합니다. 사람은 누구나 존재에 대하여 근원적인 의문을 품고 그것을 해결하려고 합니다. 부처님은 깨달음을 통해 나는 무엇이며 이 세계는 무엇이며 또 이 우주는 도대체 무엇인가 하는 그 존재 이유를 밝혀 냈습니다. 왜 태어났으며, 어디에서 왔으며, 왜 죽어야 하며, 또 어디로 가는가? 자기의 존재와 이 세계에 대한 이와 같은 원초적인 의문에 대한 해답을 얻은 것입니다. 한마디로 미혹의 의문들을 모두 해결한 것입니다.

한편으로 사람은 누구나 괴로움에서 벗어나 즐거운 삶을 살고 싶어합니다. 이것이 바로 두번째의 종교적인 관점으로서, 고통을 여의고 즐거움을 얻게 되었다는 것입니다. 다시 말해 생사의 고통을 여의고 대해탈을 이루었음을 의미합니다.

마지막으로, 세번째의 도덕적인 관점에 따르면, 깨달음을 통해 이루어진 것은 불완전한 존재, 문제의 존재, 고통의 존재, 무지의 존재, 미완성의 존재를 혁신해서 완성의 존재를 이루었음을, 곧, 자기 완성을 이루었음을 뜻합니다.

부처님이 깨달음을 통해 해결한 내용은 이와 같이 철학적 관점, 종교적 관점, 도덕적 관점, 이 세 가지였습니다. 이 세 가지가 통일적으로 이루어졌을 때 비로소 그것을 가리켜 깨달음이라고 하며, 그 깨달은 이를 가리켜 부처라고 합니다.

그런데, 가만히 보면, 어떤 사람은 이 가운데에서 철학적 관점만을 들어 불교라고 생각하고, 어떤 사람은 종교적 관점만이 불교라고 하는가 하면, 또 어떤 사람은 도덕적 관점만을 들어 불교라고 하기도 합니다. 그러나 이렇게 각각 분리하여 받아들이면 절름발이 불교가 될 뿐입니다. 가장 바람직한 것은, 이 세 가지 관점에서의 깨달음이 통일적으로 이루어지는 것입니다. 설령 통일적으로 이루지는 못하더라도, 이 세 가지 깨달음이 적어도 균형과 조화를 이루어야 합니다.

계戒, 정定, 혜慧 삼학三學의 논리로 보면 철학적 관점은 지혜(慧)에 해당되고, 종교적 관점은 선정(定)에 해당되며, 도덕적 관점은 계율(戒)에 해당됩니다. 우리가 올바른 수행을 하려면 계정혜 삼학의 균등함을 이루어야 한다고 하는 까닭이 바로 여기에 있습니다.

우리는 입으로는 흔히 계정혜의 삼학을 균등하게 한다고 하지만, 실제 내용을 보면 균등하게 하지 못하고 있기가 십상입니다. 더러는 철학적 관점만을 불교인 것처럼, 더러는 종교적 관점만을 불교인 것처럼, 또 어떤 이들은 윤리적 관점만을 불교인 것처럼 생각하기가 쉽습니다. 계율을 중시하는 사람들 쪽에서는 윤리적인 관점만을 불교적인 관점이라고 생각하는 경향이 있고, 신앙적인 관점을 가진 사람들은, 예를 들어 정토 신앙을 한다든지 관음 신앙을 한다든지 하는 사람들은 종교적인 관점만을 불교라고 생각하는 경향이 있고, 또 경전 공부를 하거나 화두를 들고서 참선하는 사람들 쪽에서는 철학적 관점만을 불교라고 생각하는 경향이 많음을 봅니다. 이는 그 어느 것도 결코 옳지도 않고 바람직하지도 않습니다. 참으로 올바르고 바람직한 수행을 하려면 반드시 계정혜 삼학이 통일적인 균형과 조화를 이루어야 합니다. 물론 방법적으로는 철학적 관점을 중심으로 해서 불교 수행을 할 수도 있고, 종교적인 관점이나 또는 윤리적인 관점을 중심으로 수행할 수도 있습니다. 그러나, 비록 그렇더라도, 반드시 철학적 관점과 종교적인 관점, 윤리적인 관점의 세 가지를 늘 함께 지녀야 합니다.

이를테면, 지혜를 말할 때면 거기에는 반드시 선정과 계율이 함께 해야만 불교적으로 올바른 지혜가 됩니다. 마찬가지로 선정을 말할 때면 거기에 계율과 지혜가 함께 있어야 불교에서 이야기하는 올바른 선정이 가능합니다. 만일 계율을 이야기하는데 거기에 선정과 지혜가 없으면 그것은 온전한 불교의 계율이 될 수가 없습니다. 깨달음은 계와 정과 혜의 통일적인 균형과 조화 없이는 불가능합니다.

22. 부처님과 마왕 파순의 수행 내용의 차이

지금까지 싯다르타가 깨달음을 통해 해결한 내용이 무엇인지를 살펴보았습니다.

여기에서 한 가지 눈여겨 보아야 할 이야기가 있습니다. 그것은 싯다르타가 깨달음을 이루는 과정에서 그 깨달음을 방해한 마왕 파순에 관한 이야기입니다. 깨달음을 방해한 마왕 파순의 이야기를 통해서, 우리는 어떤 것이 올바른 수행인지 그 기준을 알 수가 있습니다.

부처님은 육신통六神通을 했고, 마왕 파순은 오신통五神通을 했습니다. 결국 마왕 파순은 한 가지 신통력을 빼고는 부처님과 거의 같은 능력을 가졌던 것입니다. 그 신통력은 선정을 닦은 힘에 의한 것입니다. 곧, 선정을 통해 나타나는 신비한 체험이자 신비한 능력이기도 합니다. 마왕 파순이 부처님의 여섯 가지 신통 중에 다섯 가지 신통을 할 수 있었다니 그것만 해도 사실 대단한 능력을 지닌 것입니다. 다만 자유 자재하게 번뇌를 끊는 힘인 누진통漏盡通 한 가지만을 갖지 못했을 뿐, 육안으로 볼 수 없는 것을 보는 천안통天眼通, 귀로 듣지 못하는 소리까지 듣는 천이통天耳通, 다른 사람의 생각을 들여다 보는 타심통他心通, 지나간 세상의 생사를 자재하게 아는 숙명통宿命通, 경계를 변하여 몸을 나타내기도 하고 마음대로 날아다니기도 하는 신족통神足通의 힘을 마왕 파순은 부처님과 똑같이 가졌습니다. 곧, 파순의 능력은 부처님과 거의 같았다는 이야기입니다.

그러한 신통력은 모두 선정을 통해서만 지니게 되는 능력입니다. 그런데 한 인물은 중생을 살리고, 한 인물은 중생을 죽입니다. 한 인물은 희망의 길을 열고, 한 인물은 절망의 길로 우리를 몰고 갑니다. 왜 이런 결과가 나타나는 것일까요? 똑같이 선정의 힘에 의해 이루어진 것인데 어째서 한 사람은 부처가 되고 다른 한 사람은 마왕 파순이 되었을까요?

누진통은 말 그대로를 새기면 번뇌가 소멸된 상태를 말합니다. 곧, 열반의 개념입니다. 욕심과 성냄과 어리석음, 곧, 탐진치貪瞋癡의 불꽃이 온전히 사라져 버린 상태입니다. 싯다르타는 사적인 이기심이 전혀 없는, 대비 원력의 문제 의식으로 선정을 닦았기 때문에 탐진치의 불꽃을 완전히 소멸시킬 수가 있었습니다. 그러나, 그와 반대로, 마왕 파순은 이기적인 욕망에 따라 선정을 닦았기 때문에 탐진치의 불길을 끌 수가 없었습니다. 개인적인 이기심이 앞선 마왕 파순은 아무리 선정을 닦아도, 다른 것은 다 가능했지만, 하늘을 날고, 과거를 꿰뚫어보고, 미래를 꿰뚫어보고, 아픈 사람을 병 낫게 하는 등 별의별 신통력을 다 부릴 수 있었지만, 미혹과 번뇌의 불길을 소멸시키지는 못했습니다.

우리 수행자는 바로 이 점에 유의해야 합니다. 큰 자비의 마음에 따라, 대비 원력에 따라 선정을 수행해야만 부처가 될 수가 있습니다. 그러지 않고 자기 중심의 이기적인 욕망으로 선정을 수행하면 마왕 파순이 될 따름입니다. 부처의 수행 길은 바른 법의 선정이고, 파순의 수행은 삿된 법의 선정입니다. 선정 수행에 들더라도 어떤 길을 가느냐에 따라 부처도 되고 마왕 파순도 되는 것입니다.

이것은 대단히 중요한 부분입니다. 여러분이 일생을 바쳐 수행하여 제대로 된 수행자가 되느냐 그러지 못하느냐가 바로 여기에 달려 있습니다.

제가 지금 중 노릇 해 온 지가 삼십오 년이 되는데, 큰스님들 법문을 들어 보아도 경전 공부를 해보아도 이 부분이 제대로 정리되어 있지 않은 경우가 허다함을 봅니다. 그냥 열심히 참선하라, 열심히 기도하라, 열심히 절하라고만 강조하고 있을 뿐, 이런 점들을 명확하게 밝혀서 제시해 주지는 않는 것 같습니다.

선정을 닦았는데도 마왕 파순이 되는 까닭은 그것이 삿된 선정이기 때문입니다. 우리는 그 사실을 직시해야 합니다. 대비 원력에 입각한 선정을 닦아야만 정법 선정이 됩니다. 정법 선정을 통해서만 부처가 되는 것입니다. 초인적인 신통력을 체험하고 지니게 되었다고 해서 그것이 다 옳고 참된 것도 아니며 깨달은 것도 아닙니다. 여기가 갈림길입니다. 저마다 이에 대해 면밀하게 살펴볼 필요가 있습니다.

모든 생명이 고통을 받고 있습니다, 그 고통의 뿌리가 무엇인지를 추적해 보면 결국은 자아의식입니다. "나"라고 하는 고정 불변의 실체가 존재한다는 자아 의식 말입니다. 결국 이 자아 의식이 이기적인 욕망을 낳게 되고 끝없이 문제를 몰고 옵니다. 수행자가 정확히 겨냥해야 할 과녁은 바로 이 자아 의식의 욕망입니다. 대비 원력은 바로 자아 의식, 자기 중심의 이기적인 사고를 뿌리뽑기 위한 마음가짐과 삶의 태도입니다.

여기에서 가장 힘 주어 말하고 싶은 것은, 수행자에게는 발심의 내용이 그 무엇보다도 중요하다는 사실입니다. 어쩌면 발심의 내용이 수행의 전부라고도 할 수 있습니다. 제3조 승찬僧璨스님은 「신심명信心銘」에서 이 점을 정확하게 제시하고 있습니다. "신심불이 불이신심信心不二 不二信心"이라고 했습니다. 곧, 신심이 전부라는 말입니다. 진리를 믿는 마음과 진리가 둘이 아니고 본래 하나입니다. 진리를 믿는 신심이 곧 진리라는 말입니다. 신심과 진리가 둘이 아니요 하나인 것이 바로 신심입니다. 진리와 내가 하나로, 삼보와 내가 하나로, 삼보와 믿는 마음이 하나로 이루어진 것, 통일적으로 이루어진 것이 바로 신심입니다. 신심은 둘이 아닌 것이고, 둘이 아닌 상태를 이루는 것이 진정한 신심입니다. 「화엄경」에서는 "초발심시 변성정각初發心時 便成正覺"이라고 이르고 있습니다. 초발심이 곧 바른 깨우침, 정각이라는 것입니다. 발심이 수행의 전부라고 하는 것과 같은 이야기이지요.

수행의 길에서는 무엇보다도 발심의 내용이 중요함을 다시 한번 강조합니다.

23. 부처님이 깨달은 법의 실체

그러면 부처님이 깨달은 법의 내용은 무엇일까요.

부처님이 깨달은 진리의 내용이 바로 연기법緣起法입니다. 존재의 실상을 깨닫고 그 내용을 언어로 개념화시켜 표현한 것이 연기법입니다.

> 진실로 열의를 기울여 사유하는 성자에게
> 법의 참된 모습이 밝혀질 때
> 일체의 모든 의혹이 사라졌나니,
> 연기법의 도리를 알았으므로.
>
> (자설경)

> 고요히 명상에 잠긴 수행자에게 진실의 법칙이 선명하게 드러났다. 그 순간 모든 의혹이 사라졌으니, 괴로움의 발생과 소멸의 원인을 알아 낸 까닭이다.
>
> (마하박가)

부처님이 깨달음을 얻은 직후에 자신의 감흥을 읊은 내용입니다. 깨달음을 통해 밝혀 낸 진리가 연기법임이 분명하게 잘 드러나 있습니다. 보통 "존재의 실상을 깨달았다"고도 하고 "진실의 법칙을 밝혀 냈다"고도 합니다. 수행을 통해 밝혀 낸 "존재의 실상" 또는 "진실의 법칙"이 바로 연기법입니다.

부처님이 깨달은 법, 다시 말해 부처님의 가르침의 핵심을 한마디로 표현하면 "연기법"이라고 한다는 의미입니다.

부처님은 연기법을 영원한 진리라고 했습니다. 부처님의 출현 여부와 관계 없이 본래부터 존재하는 법칙이라고 했습니다. 부처님의 가르침이 팔만 사천 가지라고 하지만, 그 어떤 내용도 연기법을 벗어난 가르침은 없습니다. 연기법은 불교의 전부입니다. 연기법을 벗어나면 그것은 이미 불교가 아닙니다. 영원한 법칙으로서의 연기법, 불교의 근본이며 불교의 전부라고 할 수 있는 연기법은 어떤 내용일까요.

> 이것이 있기 때문에 저것이 있고, 이것이 태어남으로써 저것이 태어난다. 이것이 없기 때문에 저것이 없고, 이것이 사라짐으로써 저것이 사라진다.

일반적으로 연기법의 공식처럼 평가되는 경구입니다. 「중아함경」에 나오는 이 말은 이 세상 모든 존재(세계)가 서로 의지하고 서로 돕는 총체적인 관계에 의해 인연 따라 생성되기도 하고 소멸하기도 함을 뜻합니다.

불교의 핵심인 연기법의 세계관을 가장 깊고 풍부하게 다룬 경전이 「화엄경」입니다. 특히 심오하고 불가사의한 연기법을 입체적으로 이해할 수 있게 하는 멋진 비유가 인드라망, 곧, 제석천 궁전의 그물 비유입니다. 이 인드라망 비유만큼 중중 무진한 연기법의 세계관을 실감나게 잘 드러낸 비유는 없습니다.

제석천 궁전에 투명한 구슬 그물(인드라망)이 드리워져 있다. 그물코마다 박힌 투명 구슬에는 우주 삼라 만상의 영상이 찬란하게 투영된다. 삼라 만상이 투영된 구슬들은 서로서로 다른 구슬에 투영된다.

이 구슬은 저 구슬에, 저 구슬은 이 구슬에, 동쪽 구슬은 서쪽 구슬에, 서쪽 구슬은 동쪽 구슬에, 남쪽 구슬은 북쪽 구슬에, 북쪽 구슬은 남쪽 구슬에 투영된다. 너의 구슬은 나의 구슬에, 나의 구슬은 너의 구슬에, 정신의 구슬은 물질의 구슬에, 물질의 구슬은 정신의 구슬에 투영된다. 인간의 구슬은 자연의 구슬에, 자연의 구슬은 인간의 구슬에, 시간의 구슬은 공간의 구슬에, 공간의 구슬은 시간의 구슬에 투영된다. 동시에 겹겹으로 서로서로 투영되고 서로서로 투영을 받아들인다. 총체적으로 중중 무진하게 투영이 이루어진다.

「화엄경」이 의도하는 인드라망의 모습을 묘사해 보았습니다. 연기법의 세계관으로 보면 이 세상 어느 한 가지도 관계를 떠나서 존재하는 것은 없습니다. 시간과 공간, 인간과 자연, 마음과 물질, 중생과 부처, 신과 인간, 너와 나, 과거와 현재와 미래 등, 모든 것이 중중 무진한 관계 속에서 성립되고 전개되고 있습니다. 영원에서 영원 너머에 이르기까지 중중 무진한 총체적 관계 속에서 끊임없이 생성하고 변화하는 삶을 살아가고 있는 것이 우주요, 우리의 삶인 것입니다. 다시 말해, 세계 또는 우리의 삶을 이루는 영원한 기본 진리가 바로 연기법인 것입니다.

따라서 부처님이 깨달은 법의 내용을 한마디로 말하면 바로 연기법입니다.

24. 지혜와 자비

흔히 불교를 지혜와 자비의 종교라고 합니다. 그렇다면 과연 어떤 것이 지혜와 자비일까요? 또 어떻게 하면 지혜와 자비를 완성할 수 있을까요?

연기법의 사상과 정신을 잘 파악하고 이해하는 것이 바로 지혜의 출발점입니다. 그리고 그 연기법의 진리에 따라 사고하고 말하고 행동하는 것을 자비라고 합니다. 곧, 연기 무아의 사상과 정신을 진리로 확신하는 것이 지혜의 확립이라면, 어떤 상황에서도 흔들림 없이 연기 무아의 정신을 실천하는 것이 자비인 것입니다. 중요한 것은, 무엇을 진리로 받아들인다는 것은 유리함과 불리함에 관계 없이 모든 관심과 열정을 다하여 그 길을 걸어감을 뜻한다는 것입니다. 결코 이 점을 놓쳐서는 안 됩니다.

일반적으로 자비라고 하면 배고픈 사람에게 밥을 주고 헐벗은 사람에게 옷을 주는 것쯤으로 생각하기가 쉽습니다. 그런데 자비라고 하는 것은 그렇게 단순한 문제가 아닙니다. 만일 그저 배고픈 사람에게 밥을 주고, 헐벗은 사람에게 옷을 주는 것이 깨달음을 실천하는 자비행이라면 사실 어려울 것도 없습니다. 불교에서 말하는 진정한 의미의 자비는, 이를테면, 배고픈 사람에게 밥을 주고 헐벗은 사람에게 옷을 주더라도, 그것이 연기법의 사상과 정신에 맞게 행해질 때에 비로소 자비라고 할 수 있습니다. 만일 그렇지 않다면 그것은 일반에서 이야기하는 선행일 따름이지, 깨달음의 실천인 보살행으로서의 자비행일 수는 없습니다.

물론 선행은 좋은 일임에는 틀림이 없습니다. 하지만 그것만으로는 존재의 문제를 근원적으로 해결하는 수행으로 승화될 수가 없습니다. 반면, 진실한 자비행은 중생의 고통과 그 원인을 근본적으로 해결하는 수행으로 승화되어 나타납니다. 모순과 고통의 문제를 근원적으로 해결하는 수행으로 승화되려면, 연기법의 진리에 맞게 사고하고 말하고 행동하여야만 합니다. 이 소식을 금강경에서는 "무주상행無住相行"이라고 표현하고 있습니다. 곧, 어떠한 조건도 따르지 않는 사고, 언어, 행동을 뜻합니다. 이것을 또 다른 경전에서는 무연無緣 대자비라고도 표현합니다.

다시 강조하건대, 연기법을 잘 파악하고 이해하는 것이 지혜의 출발점이며, 연기법의 정신대로 생각하고 말하고 행동하는 것이 자비입니다. 불교를 지혜와 자비의 종교라고 하는 까닭이 바로 여기에 있습니다.

불교를 바로 알고 올바로 실천하려면 반드시 연기법에 입각한 자기 논리가 있어야 합니다. 연기법의 사상과 정신에 입각한 지혜와 자비의 실천을 통해서만 불교의 궁극적인 이상인 깨달음이 가능함을 분명하게 인식하고 명심해야 합니다.

6강

불교의 수행이 대단히 복잡해 보이고 또 그 길도 여러 가지인 듯이 보이지만, 간단하게 이야기하면 불교 수행은 사고 방식과 삶의 태도를 바꾸는 것입니다. 좀더 쉽게 이야기하면 소견머리와 버르장머리를 고치는 일이라고 할 수 있습니다.

사람들은 누구나 대체로 선한 일을 하려고 애씁니다. 종교가 없는 사람들도 선한 일을 하려고 애쓰고, 또 기독교나 다른 종교를 믿는 사람들도 나름대로 열심히 기도하고, 우리 불교인들도 마음을 다하여 기도하고 정진합니다. 선한 일을 하려고 노력하는 것은 얼핏 보기에 다 같습니다. 그런데 어떤 세계관과 사상을 가지고 기도를 하고 어떤 사상과 정신에 따라 선행을 하느냐에 따라 실현되는 결과는 밤과 낮이 다른 만큼이나 다릅니다. 하나는 결과적으로 모순과 고통을 재생산하는 행위가 되는가 하면, 다른 하나는 모순과 고통을 뿌리까지 끊어 버리는 행위가 됩니다. 바로 이것이 핵심입니다.

사실 우리가 일반적으로 갖고 있는 희망과 바람은 많은 경우 허상에 불과합니다. 그것은 잘못된 사고 방식에 의한 희망과 기대이기 때문에 결국 허상이고 환상인 것입니다.

우리는 "성공"이라는 말을 하기를 좋아합니다. 또 성공한 사람에 대해서 곧잘 이야기합니다. 그러나 우리가 생각하는 식의 성공, 우리가 말하는 식의 희망이라고 하는 것은 그야말로 현실에 대한 전도顚倒이며 몽상일 따름입니다. 희망이니 성공이니 하는 것 자체가 문제가 아니라, 그렇게 희망하고 바라며 성공을 기대하는 우리의 관점과 사고 방식에 문제가 있습니다. 이것을 바로잡아야만 합니다. 부처님의 가르침은 바로 여기에 초점이 있습니다.

> 진리를 깨달아 부처님이 된 싯다르타의 마음 속에는 새로운 생각이 솟아오르고 있었다. 그가 처음 출가하여 수행한 동기는 우선 자기 자신의 구제에 있었다. 생로병사라는 인간 고통의 실상을 보고서 그것을 해결하기 위하여 사랑하는 처자와 왕자의 지위도 내던지고 뛰쳐나왔던 것이다.

많은 학자들이 싯다르타의 출가 수행을 자기 개인의 문제를 해결하기 위한 것이었다고 하는데, 그것은 내용적으로 불교를 잘 모르기 때문에 하는 이야기입니다. 만일 싯다르타가 오로지 자기 개인의 문제로 출가한 것이라면 차라리 출가를 포기하는 쪽이 훨씬 더 인간적일 것입니다. 나라와 민족이 자기 한 사람으로 인해 위태로워질 수 있고, 부모 형제가 상처를 받고, 아내와 아들이 큰 불행을 겪게 되는데도, 자기 한 몸의 안위를 위해 출가를 한다는 것은 도저히 있을 수 없는 일입니다.

싯다르타는 결코 개인의 문제를 붙잡고 살아간 사람이 아니었습니다. 모든 중생이 안고 있는 근원적인 문제를 해결해야겠다는 문제 의식에서 출발한 실천이 싯다르타의 출가 수행인 것입니다. 그는 아무리 나라를 위하고, 부모를 위하고, 아내와 자식을 위하고, 이웃을 위한다 하더라도, 기존의 삶의 방식으로는 그 모든 이들을 위한 참된 길을 갈 수 없다고 판단하였습니다. 기존의 그 길들은 희망의 길이 될 수 없음을 알았습니다. 그래서 새로운 길을 찾지 않으면 안 된다는 자각과 확신으로 싯다르타는 출가한 것입니다. 결코 자기 자신의 고통이나 자기 개인의 문제를 해결하려고 출가한 것이 아닙니다.

25. 부처님의 생애에서 본받아야 할 것

예부터 불교의 출가 사문을 걸사乞士라고 일컬어 왔습니다. 출가 수행자들이 거지라는 것이지요. 그렇다면 결국 부처님은 거지의 대장인 셈입니다.

우리가 존경하고 따르는 부처님은 실제로 거지였습니다. 많이 미화되고 여러 가지로 의미가 부여되고 또 권위 있게 체계화시켜서 그렇지, 실제로 싯다르타라고 하는 한 인간의 현실에서의 삶의 모습은 거지의 모습에 지나지 않습니다.

부처님은 또한 부처님 당시의 사회적인 관점에서 보면 대단한 "문제아"였습니다. 기성 사회의 체제나 가치를 원천적으로 부정하고 나섰기 때문입니다—바로 이것이 출가입니다.

부처님과 같은 그런 "문제아"들이 없었다면 인간에게 이상과 희망은 없다고 해도 지나친 말이 아닐 것입니다. 우리는 보통 "문제아"라고 하면 골치 아픈 인물로 받아들이지만, 실제로 역사적으로 중요한 인물들은 대부분 문제아들이었습니다. 그들 "문제아"들은 기질적으로 무엇인가 새로운 길, 가치 있는 길, 참된 길, 문제를 근원적으로 해결할 수 있는 길을 찾기 위해 고민해 왔습니다. 그리고 마침내 그런 기질들을 창조적으로 잘 승화시킴으로써 역사적인 업적과 발전을 거두어 온 것입니다.

"문제아" 부처님은 게다가 거지였습니다. 빌어먹고 살았다는 말입니다. 바로 이 "거지의 정신"이 오늘의 우리에게 몹시 소중합니다. 부처님의 제자로 살아가려면 거지 정신을 지니고서 그것에 충실하게 살아가야 합니다. 거지의 첫째 조건은 얻어먹어야 하는 것입니다. 가진 게 없어야 합니다. 집이 없어야 합니다.

부처님은 출가한 뒤로 일생을 거지로서 살았습니다. 물론 집도 없었습니다. 집도 없이 계속 돌아다녀야 했기에 가진 것이 극히 적었습니다. 부처님은 또 빌어먹는 처지답게 무척 겸손했습니다. 누구라도 얻어먹는 처지에서는 이것 저것 요구하거나 큰소리 칠 수는 없습니다. 주는 대로 그저 감사하게 먹어야 하니 겸손할 수밖에 없습니다.

부처님의 삶의 태도가 이러했습니다.

그런 부처님의 삶의 모습에 비추어 오늘날의 사찰과 수행자들을 보면, 참으로 우리가 부처님을 따르는 무리인지 의심스러울 만큼, 크게 차이가 납니다. 비록 우리가 부처님처럼 차마 집도 돈도 없이 얻어먹으면서 살지는 못할지라도, 적어도 그 사상과 정신과 삶의 태도는 반드시 계승해야 할 터인데 말입니다.

그렇게 해야 하는 까닭은 바로 우리 자신을 위해서입니다. 출가 수행의 길은 스스로 선택한 길입니다. 그런 만큼 그 길을 제대로 가려면 부처님의 정신과 삶의 태도를 계승해야 합니다. 그러지 않으면 참된 수행이 이루어질 수가 없습니다.

그런데 요즈음 승려들은 집도 꽤 좋은 집들을 갖고 있고, 저마다의 방을 들여다보면 너무나 많은 것을 소유하고 있습니다. 그리고 먹는 것도 맛나고 좋은 음식만 먹으려고 하는 경향이 있습니다. 물건 하나도 최고가 아니면 눈길도 주지 않습니다.

도저히 수행자의 모습이라고, 부처님을 따르는 제자의 모습이라고 할 수가 없는 태도들입니다. 그러면서 무슨 불교를 하고, 무슨 수행을 하겠다고 하겠습니까? 이것은 결코 사소하거나 주변적인 일이 아닙니다. 심각하게 돌이켜 보아야 할 문제라고 생각합니다. 냉철한 반성 위에서 새로운 모색이 있어야 합니다. 그래야 우리가 "덜 부끄러운" 수행자가 될 수 있습니다.

꼭 물질적으로만 거지 정신을 가져야 하는 것이 아닙니다. 진리를 구하는 데에서도 마찬가지로 거지 정신을 지녀야 합니다. 정신적으로도 거지 정신이 필요하다는 것입니다. 밥만 빌 것이 아니라, 법도 빌어야 합니다. 그러나 자기 것이 많으면 빌 것이 없습니다. 자기 주관, 선입견, 편견, 이런 것들이 있으면 법을 빌 수가 없습니다. 그러므로 자기 안에 있는 기존의 모든 것들을 철저히 비워 내야 합니다. 선입견이나 편견 같은 것들을 비워 내야만 비로소 법을 빌 수가 있습니다.

또 끝없이 겸손해야 합니다. 초기 자료에 보면, 부처님은 "걸식을 나갈 때에 세상 사람들에게서 비난과 원망과 저주를 받더라도 인내하고, 자비로운 마음의 상태를 흔들림 없이 유지하도록 하라"고 말하였다고 합니다. 상대방이 어떻게 대하더라도 그에게 화를 내지 말라는 말입니다. 설령 그가 자신을 비난하고 저주하더라도 그에게 화를 내어서는 안 됩니다. 어떤 조건에서도 인내하고 자비로워야 합니다.

부처님 당시에 불교는 쉽게 말하면 신흥 종교였습니다. 기성 종교 쪽에서 보면 외도인 셈이지요. 상황이 그렇다 보니 부처님이나 수행자의 삶이 우리가 생각하는 것처럼 그렇게 멋진 것일 수가 없었습니다. 얻어먹고 얻어 입고 사는 거지 처지였으니 볼품이 있었을 턱도 없습니다. 다만 추구하는 이상이 매우 고매하고, 그들이 갖고 있던 사상과 정신이 고준했을 따름이지, 실제 생활은 초라하기 그지없는 거지일 뿐이었습니다.

요즈음 우리를 돌아보면 지나치게 겉모습에 치중하는 경향이 있습니다. 집 짓는 것 하며 모두가 모양 내기에 사무쳐 있습니다. 모름지기 추구하는 이상이 높아야 하고 사상과 정신이 고준해야 사람들에게서 존경받고 추앙받을 터입니다. 집 잘 짓고 모양 잘 낸다고 해서 대접받는 것은 아닙니다. 달라이 라마 같은 사람은 비록 나라를 빼앗겼어도 세계적인 지도자로 추앙받고 있습니다. 객관적인 일반 대중은 우습게 알고 있는데 우리끼리만 "큰스님"이라고 하며 떠받든다고 해서 큰스님이 되는 것도 아닙니다. 참으로 부끄러운 일일 뿐입니다.

더구나 수행자의 참된 모습은 대접받는 데에 있지도 않습니다.

돈을 좋아하는 사람은 일생 돈의 노예가 될 수밖에 없습니다. 명예를 좋아하는 사람은 일생 명예의 노예가 될 수밖에 없고, 좋은 집을 좋아하는 사람은 일생 좋은 집의 노예가 될 수밖에 없습니다. 그런데 오늘 우리 출가인들을 보면 좋은 집이나 물질적인 재산에 완전히 종속되어 버리고, 또 명예나 권력에 종속되어 버린 듯합니다. 너나없이 권력을 좋아하고, 명예를 좋아하고, 돈을 좋아하고, 허울을 좋아하는 세속적인 모습을 벗지 못하고 있는 듯합니다. 고매한 사상과 정신은 간데온데없습니다. 수행자다운 인격이나 삶의 태도는 찾아보기가 힘들 지경입니다. 그러다 보니 대중들에게서 신뢰받거나 존경받을 수가 없습니다.

수효로는 천만 불교, 이천만 불교라고들 하지만 실제로 한국 사회의 흐름을 이끌어가는 데에서 불교는 아무런 역할도 하지 못하고 있습니다. 만일에 높은 이상이 있고 훌륭한 사상이 있고 인격이 있고 견실한 삶의 태도를 가진 불교도가 천만이라면 한국 사회는 저절로 달라질 것입니다. 결코 지금과 같은 모습으로 이렇게 어지럽지는 않을 것입니다.

역사 현장의 거지가 되어 살아간 부처님처럼 살려고 하지 않으면, 진정한 출가의 삶을 모색하지 않으면, 출가 수행자 개개인이나 불교 집단이 사회에 희망을 주기는커녕 스스로도 희망을 가질 수 없다는 사실을 명심해야 합니다.

26. 불교가 역사의 종교가 된 까닭

부처님은 맨 먼저 누구에게 설법할 것인지를 생각했다. 아라라와 웃다카가 떠올랐으나 그들은 아깝게도 모두 얼마 전에 세상을 떠나고 말았다. 그 다음으로 떠오른 사람이 네란자라 강가에서 함께 수행하던 다섯 사문들이었다.

부처님은 깨달음을 얻은 뒤에 누구에게 법을 전할 것인지를 고민하던 끝에 자기를 비난하며 떠났던 다섯 비구를 선택하였습니다. 함께 고행하다가 도중에 고행을 포기한 자신을 비난하며 떠나 버린 그 다섯 친구라면 대화가 되겠다 싶어서 그들을 찾아간 것입니다.

여기에서 주목해야 할 부분이 한 가지 있습니다. 불교는 결코 쉽지가 않습니다. 불교는 어렵습니다. 이것은 부처님이 직접 하신 이야기입니다. "연기법은 심오하다. 중생들이 받아들이기 어렵다"라고 이야기했습니다. 또 "욕망으로부터 자유로워져야만 받아들일 수 있는데 중생은 온통 욕망 덩어리이고 욕망을 너무 좋아하기 때문에 연기법을 받아들이기가 매우 어렵다"라고 했습니다. 연기법 자체가 심오해서 어렵기도 하거니와, 중생은 연기법을 받아들이기 어려운 속성을 갖고 있기 때문에 불교가 어렵다는 말입니다.

중생의 속성이 무엇입니까? 바로 욕망입니다. 끊임없이 욕망에 끄달리고 끊임없이 욕망을 채우려고 하기 때문에 연기법을 받아들이기가 어렵습니다. 그래서 부처님은 설법하기를 주저했습니다. 그러다가 범천이 "세존이시여, 법을 설하셔야 합니다" 하고 간곡히 청하자, 마침내 설법할 것을 결심합니다. 그리하여 설법할 대상을 물색하다가 다섯 비구를 찾아갑니다. 욕망에 탐닉해 있는 한 불교는 받아들이기가 결코 쉽지가 않습니다. 우리가 집중해야 할 승부처는 욕망입니다. 자기 중심의 이기적인 욕망, 이 욕망을 어떻게 다스려 나가고 어떻게 창조적으로 승화시켜 나갈 것인지가 관건입니다. 욕망을 그대로 놓아둔 채로는 아무리 불교를 하려고 해도 지식으로 습득되는 것은 있겠지만 깨달음의 수행으로 나아가기는 어렵습니다.

부처님이 설법을 망설이고 있을 때 범천이 "법문해 주십시오" 하고 간곡히 청했습니다. 범천은 당시 인도를 지배하고 있던 브라만교의 범신梵神입니다. 이 세상을 주재하는 범신은 인도 민족이 신앙하는 신입니다. 이 세상을 주재하는 신이 부처님에게 와서 법을 설해 달라고 간청했다는 것, 이것이 무엇을 의미하겠습니까? 그것은 그 무렵의 대중들이 모순과 고통의 문제를 근원적으로 해결할 수 있는 참다운 길을 갈망하고 있었음을 상징합니다. 역사 속의 중생들이 모순과 고통을 끊어 버릴 수 있는 참다운 희망의 길을 희구하였음을 의미합니다. 이것은 예나 지금 할 것 없이 모든 중생의 소원이기도 합니다.

부처님은 길을 물어 물어 다섯 비구를 찾아갔습니다. 부처님이 도를 깨달은 곳에서 다섯 비구가 머물고 있던 녹야원까지는 이백사십 킬로미터쯤 됩니다. 부처님은 이 먼 거리를 걸어서 갔습니다. 그 시절에 이백사십 킬로미터의 거리를 걸어서 간다는 것은 목숨을 건 일이었습니다. 더

더구나 부처님은 얻어먹고 노숙하면서 맨발로 그 먼 길을 찾아갔습니다.

목숨을 건, 고난에 찬 전법傳法의 발걸음 또한 대비 원력의 발심에서부터 시작된 것입니다. 부처님의 일생은 시종 일관 대비 원력의 발심이 관통하고 있습니다. 고통받는 중생의 문제를 근원적으로 해결하지 않으면 안 된다는 뜨거운 연민심이 있기에 목숨을 건 여행 길도 가능했습니다. 천리 길도 마다하지 않고 달려갈 만큼 뜨거운 염원이 있었기 때문입니다. 그래서 위험을 무릅쓰고 그 험난한 길을 걸어간 것입니다. 오로지 세상을 향한 자비심만을 온 재산으로 삼고 살아간 삶이었습니다.

부처님의 이런 삶을 본원력本願力에 의한 삶이라고 합니다. 아주 오랜 전생부터 세상을 구하려는 구세 대비求世大悲의 본원력을 갖고 꾸준히 수행해 왔을뿐더러, 깨달은 뒤에는 그 본원력을 구체적으로 실천하였습니다. 그것이 바로 법을 전하는 전법행傳法行입니다.

그 시절의 길이 오죽했겠습니까? 그런데도 아무런 망설임 없이 오직 전법을 위해서 맨발로 노숙하고 얻어먹으면서 걸어갔습니다. 인도는 곳곳에 위험이 도사리고 있는 나라입니다. 지금도 그런데, 하물며 이천육백 년 전에는 어떠했겠습니까? 밀림에는 맹수들이 득실득실하고, 산적도 있고, 언제 어떤 병에 걸릴지 예측할 수 없었습니다. 또 마을도 띄엄띄엄 있었으니 밥을 얻어먹기도 쉽지가 않았을 것입니다. 이런저런 정황들을 헤아려 보면, 다섯 비구를 찾아가는 것 자체가 바로 목숨을 건, 출가의 결심행이었음을 알 수 있습니다. 전법행도 출가에 못지 않은 결심에 찬 행동이었던 것입니다. 그렇기 때문에 부처님의 전법을 대자비심에 의한 전법이라고 이르는 것입니다.

누가 초청한 것도 아니고, 찾아간다고 해서 환영을 받는 것도 아니었습니다. 환영받기는커녕 오히려 푸대접을 받았습니다.

다섯 비구는 앉은 채로 저쪽에서 싯다르타가 오는 것을 보고 서로 이야기했다.

"저기 고오타마가 오는군."

고오타마는 싯다르타의 성이다.

"그럴 리가 있나."

"아니 틀림없는 고오타마야."

"왜 찾아왔을까?"

"자신의 타락을 후회한 모양이지. 고행을 하다가 도중에 포기한 사람이니까."

"우리는 고오타마가 가까이 오더라도 모른 척하세."

"그래. 타락한 사문에게 우리가 먼저 머리를 숙일 건 없지."

이백사십 킬로미터를 걸어서 물어물어 찾아간 싯다르타에 대한 동료들의 반응은 싸늘했습니다. 타락한 사람이니 상대할 가치도 없다는 것이었습니다. 본디 인도의 수행자들은 외지에서 사람이 찾아오면 깍듯이 맞이하는 풍습을 갖고 있었습니다. 자리를 마련해 주고 또 먼 길을 걸어왔으므로 손발을 씻을 물을 내어 주는 것이 기본 예의였습니다. 그런데 그 다섯 비구들은 싯다르타를 타락한 자로 취급하여 외면하려고 하였습니다.

부처님은 천천히 그들이 앉아 있는 곳까지 가셨다. 부처님의 거룩한 모습이 그들 앞에 나타나자 그들은 이상한 힘에 이끌려 자신도 모르게 그만 자리에서 일어나고 말았다. 그러고는 공손히 머리를 숙여 인사를 드렸다. 부처님은 그들을 보고 조용히 말씀하셨다.

"그대들은 내가 와도 일어서지 않기로 약속까지 했으면서 왜 일어나 인사를 하는가?"

다섯 사문들은 서로 마주보며 놀랐다. 부처님은 그들의 마음을 이미 훤히 알고 계셨던 것이다. 그들은 서둘러 부처님께서 앉을 자리를 마련했다.

"고오타마, 멀리서 오시느라고 고단하시겠습니다."

부처님은 엄숙하게 말씀하셨다.

"이제부터는 나를 고오타마라고 부르지 말고. 여래如來라고 불러라. 나는 여래가 되었다."

여래란 진리의 세계에 도달한 사람, 또는 진리의 세계에서 설법하러 온 사람을 뜻한다. 부처님은 다섯 사문들을 향해 최초의 설법을 하셨다.

"수행의 길을 걷고 있는 사문들아, 이 세상에는 두 가지 극단으로 치우치는 길이 있다. 사문은 그 어느 쪽에도 치우치지 말아야 한다. 두 가지 치우친 길이란, 하나는 육체의 요구대로 자신을 내맡겨 버리는 쾌락의 길이고, 또 하나는 육체를 지나치게 학대하는 고행의 길이다. 사문은 이 두 가지 극단을 버리고 중도中道를 배워야 한다. 여래는 바로 이 중도의 이치를 깨달았다. 여래는 그 길을 깨달음으로써 열반에 도달한 것이다."

이것이 부처님이 다섯 비구를 상대로 하신 법문의 일단입니다. 일반적으로 부처님은 매우 거룩하기 때문에 만나서 다만 몇 마디 말을 나눈 것으로 다섯 비구가 깨달음을 얻었다고들 생각합니다. 사실은 전혀 그렇지 않습니다. 다섯 비구가 깨닫는 과정 또한 대단히 지난합니다. 많은 시간 이야기하고 또 많은 시간 실습하고 또 많은 시간 설득하는 과정을 거쳐서 한 사람 한 사람이 부처님의 사상을 받아들일 수 있었습니다. 경전 내용의 앞뒤 맥락을 짚어 보면 다섯 비구를 교화하는 과정이 매우 진지하고 치열하고 지난했음을 알 수 있습니다.

오랜 대화와 설득 그리고 실습 들이 무르익어서야 비로소 다섯 비구들은 깨달음을 얻게 되었습니다. 이를테면, 공양 때가 되면, 두 사람은 남아서 부처님의 가르침을 듣기도 하고 실제 수행을 하기도 하는 사이에 다른 세 사람은 나가 밥을 얻어 왔습니다. 또 때로는 세 사람이 남아 수행을 하고, 두 사람이 나가 밥을 얻어 오기도 했습니다.

다섯 비구는 이런 오랜 과정을 거쳐서 깨달음을 얻었습니다. 다섯 비구가 부처님의 사상과 정신을 받아들이자 그 때에 부처님은 "이 세상에 최초로 여섯 아라한이 탄생하였다"고 선언하였습니다. 아라한이라는 말은 깨달은 자, 성자라는 뜻입니다. 여섯 사람이라 함은 부처님 당신과 다섯 비구를 말한 것입니다. 부처님이 "이 세상에 최초로 여섯 아라한이 탄생하였다"고 선언한 것은 "깨달으면 곧 부처"라는 말입니다. 모든 중생들이 누구나 수행만 하면 깨달을 수 있다는 가르침이 역사의 현장에서 처음으로 실현된 것입니다.

여기에서 우리가 진지하게 생각할 것이 있습니다. 만일 출가할 때 개인적인 고뇌로 출가했다면 깨달은 다음에도 그 깨달음이 개인적인 체험으로 끝나 버리기가 쉽습니다. 세상을 향한 대비 원력의 문제 의식이 아니라 다만 개인의 고뇌를 해결하기 위해 출가하였다면, 수행해서 깨달았다고 해도 십중팔구 개인의 체험으로 끝날 가능성이 높다는 말입니다. 확인할 수 있는 역사적 사례들이 여기저기에 널려 있습니다. 아마도 홀로 깨달은 성자들도 그런 예가 될 듯합니다.

싯다르타의 출가가 개인의 고뇌를 풀기 위한 것이었다면 깨달음의 체험도 개인의 체험으로 끝났을 것입니다. 결코 역사의 종교로 전환되거나 승화되지는 못했을 것입니다. 부처님의 깨달음은 개인적인 체험이었습니다. 그러나 불교가 개인적인 깨달음의 체험에서부터 부처님의 전법에 의해 역사적인 종교로 전환될 수 있었던 것은, 바로 발심 수행 자체가 개인적인 고뇌에서부터 출발하지 않았음을 반증합니다. 대비 원력의 문제 의식에 따른 출가 수행이었기 때문에, 깨달음을 이룬 다음에도 그 대비 원력의 문제 의식이 그대로 실천되고 전개되어 나간 것입니다. 그래서 불교가 역사적인 종교가 된 것입니다.

만일 부처님이 "아, 이제 나의 문제를 해결하였으니 됐다" 하고 끝내 버렸다면, 오늘날 우리가 부처님을 만날 인연은 아예 없을 것입니다. 그러나 부처님은, 깨달음을 얻은 뒤에, 대비 원력의 본원력에 따라 세상 사람들한테 법을 전하겠다고 결심을 하였고, 그 결심에 따라 다섯 비구를 찾아가 법문을 함으로써 비로소 불교라는 종교가 역사의 종교가 된 것입니다. 한 개인의 체험이 사회의 종교, 대중의 종교, 역사의 종교가 된 것입니다. 처음부터 갖고 있던 대자비의 본원력을 그대로 실천했기 때문에 바로 역사의 종교가 되었고, 역사의 종교가 되었기 때문에 오늘날 우리가 불교를 만날 수가 있습니다.

저절로 이루어진 것이 아닙니다. 발심에 깃들어 있는 사상과 정신이 끝까지 일관되게 관통하였기에, 본원력의 실천인 전법을 통해 다섯 비구가 아라한으로 탄생함으로써 마침내 불교는 역사의 종교가 되었습니다.

27. 불교 신앙의 성립

부처님과 더불어 다섯 비구가 깨달음을 얻은 것은 불교의 신앙 대상이 성립되었음을 뜻합니다. 불교의 신앙 대상이 무엇입니까? 불佛, 법法, 승僧의 삼보三寶입니다. 부처님 한 분만이 아니라 불법승 삼보가 불교 신앙의 기본 틀인데, 역사의 종교가 되었다는 것은 신앙의 기본 틀이 갖추어졌음을 뜻합니다.

한국 불교는 주로 부처님만 신앙의 대상으로 삼는 경향이 많습니다. 만일 그렇게 된다면 불교가 기독교와 같은 성격으로 왜곡될 위험성이 큽니다. 불교의 신앙 대상은 삼보입니다. 불법승 삼보의 "불"은 부처님이고, "법"은 부처님의 가르침이고, "승"은 교단을 가리킵니다. 부처님이 가르친 법에 따라 그 이상과 가치를 실현하려는 뜻을 가진 자들의 모임이 바로 "승가僧家"입니다. 승려는 개인이 아닙니다. 승려는 개인이 될 수가 없습니다. 승려 개개인은 비록 혼자 있더라도 부처님의 가르침의 뜻에 입각해 우리의 이상을 실현하려고 모인 승단을 상징하는 사람입니다. 어디까지나 상징성이지 개인이 아닙니다.

승려 개인의 인격이 있고 없고를 떠나서, 또 개인의 수행력이 있고 없고를 떠나서, 승려를 존중하는 이유가 개인이 아니라 승단을 상징하는 한 사람이기 때문입니다. 인류 최고의 이상과 가치를 실현하고자 하는 그런 뜻을 갖고 있는 집단을 상징하기 때문에 수행자들을 존경하고 그들에게 경의를 표현하는 것입니다. 결코 그 수행자 개인에게 경의를 표현하는 것이 아닙니다.

불교의 신앙 대상인 삼보가 성립됨으로써 불교의 역사는 시작되었습니다. 자칫 불교가 부처님부터 시작되었다고 생각하기 쉬운데, 사실은 불교가 역사의 종교, 대중의 종교, 사회의 종교로 자리잡게 된 것은 바로 삼보가 성립됨으로써 비롯된 것입니다. 그리고 이는 결코 우연하게 이루어진 것이 아닙니다. 부처님이 처음에 발심한 것이, 곧, 대비 원력의 씨앗이 수행의 과정을 거쳐서 깨달음을 이루고 그런 뒤에 전법을 하여 마침내 삼보가 성립됨으로써 불교가 역사의 종교로, 대중의 종교로 꽃피게 된 것입니다.

28. 중도와 팔정도

부처님이 다섯 비구를 상대로 한 첫 설법 내용을 우리는 보통 중도中道의 가르침이라고 합니다.

부처님은 깨달음을 이룬 뒤에 "나는 중도의 길을 통해 깨달았다. 오직 중도의 길을 통해서만 깨달을 수 있다"고 첫 법문을 베풀었습니다.

중도란 무엇입니까? 솔직히 저는 중도가 정확히 무엇인지 잘 모르겠습니다. 중도의 완전한 실천 수행법인 팔정도八正道에 대해서도 말을 많이 하지만 그것이 무엇을 뜻하는지는 아직도 잘 모르겠습니다. 정견正見 곧 바른 견해, 정사유正思惟 곧 바른 사유, 정어正語, 정업正業, 정명正命, 정정진正精進, 정념正念, 정정正定이라고 하는데, 이 "바르다"라는 것이 도대체 어떤 상태인지 세밀하고 구체적으로 정리가 되지 않습니다. 다시 말해, 실제의 생활에서 어떻게 응용하고 또 어떻게 실천해야 할지 설명이 되지 않습니다. 입이 닳도록 팔정도를 이야기하지만 실제 생활을 보면 팔정도와는 전혀 관계가 없는 생활을 하고 있는 것이 우리의 현실입니다.

중도에 대해서 이야기하기 전에 꼭 일러 둘 말이 있습니다. 가만히 살펴보면 우리는 부처님이 출가해서 열심히 고행했으니 우리도 부처님의 고행을 본받아야 한다고 그저 막연하게 생각하는 경향이 있습니다. 알다시피 부처님은 고행주의를 거부했습니다. 우리가 부처님의 생애에서 성도하기 이전의 자취에서 본받을 것이 있다면, 하나는 대비 원력의 발심이고, 다른 하나는 줄기찬 출가 정신의 실천입니다. 냉정하게 말하면, 고행을 본받는 것은 부처님의 가르침을 어기는 셈이 됩니다. 부처님은 고행이란 성스러운 길이 아니므로 이익이 없다고 하면서 그 길을 부정했습니다. 고행을 포기한 것을 두고 온 세상이 비난하는 것도 아랑곳하지 않고 단호히 고행을 포기하였습니다. 따라서 그저 막연하게 부처님이 육년 동안 고행을 하였으니 우리도 고행을 해야 한다는 생각은 대단히 위험합니다.

참으로 마음을 모으고 정성을 기울여 본받아야 할 것은 깨달음 이후의 부처님의 가르침과 삶의 태도입니다. 부처님은 깨달은 다음에, 고행주의도 향락주의도 아니고 오로지 중도만이 참다운 길이라고 했습니다. 부처님이 말하는 고행주의나 향락주의는 대상으로서 바깥에 존재하는 것만을 뜻하지는 않습니다. 옛 인도 사회의 고행주의, 인간 사회의 향락주의 따위만을 뜻하는 것이 아닙니다. 그보다는 우리 자신의 사고 방식과 사고의 속성을 지적하고 있는 것입니다.

지금의 우리는 거개가 고행주의 아니면 향락주의에 젖어 있습니다. 스스로는 아니라고 생각하지만, 실제로 보면, 미혹한 중생들은 어떤 형태로든 이 두 개의 극단에 빠져서 벗어나지 못하고 있습니다. 이것은 단순히 바깥에 있는 객관적 대상으로서의 고행주의, 객관적 대상으로서의 향락주의만을 가리키는 것이 아닙니다. 중요한 것은 우리로 하여금 자기 자신에게로 초점을 돌이켜 봄으로써 우리 자신 속에서 그 문제를 발견해야 한다는 것입니다. 그러지 않으면 이 문제는 해결할 수가 없습니다.

우리 자신 속에서 끊임없이 욕망을 향해 치닫는 것이 향락주의입니다. 더 맛있는 것을 먹고 싶다, 더 좋은 집에 살고 싶다, 싸워서 이기고 싶다,

신나게 놀고 싶다, 담배를 피고 싶다, 술을 먹고 싶다 하는 이 모든 것이 향락주의입니다. 고행주의는 우리가 살아온 것에 대한 일종의 죄 의식 같은 것입니다. 업이 많다, 전생에 죄가 많다 등등의 의식이 다 일종의 고행주의입니다. 향락을 좇는 것도 번뇌지만 죄 의식에 빠지는 것 또한 번뇌입니다. 그런데 이처럼 자기 자신에게서가 아니라, 자기의 바깥에서 이 향락주의, 저 고행주의 하며 대상으로 인식하고 받아들이는 한 우리는 고행주의와 향락주의에서 한치도 벗어날 수가 없습니다. 고행주의와 향락주의로 표현되는 양 극단은 바로 전도된 몽상에 빠져 있는 자기 자신의 문제인 것입니다.

부처님이 중도를 이야기했습니다. 중도는 팔정도로 표현됩니다. 그렇다면 팔정도가 구체적으로 무엇인지부터 제대로 이해해야 합니다.

팔정도의 첫번째가 "정견"입니다. 여기서 "정正"이란 바로 중도中道입니다. 정견은 중도적 견해라고 할 수 있습니다. 그러면 중도란 무엇인가? 그것은 존재의 실상이라고 표현할 수 있습니다. 그럼 존재의 실상은 무엇인가? 바로 연기법입니다. 부처님이 깨달은 법이 곧 연기법인 것입니다. 성도한 다음에 당시의 심정을 읊은 시를 보면 이를 이해하는 데에 도움이 될 것입니다.

> 존재의 발생과 소멸의 원인이 확연히 드러났다.
> 모든 의혹이 사라졌다.
> 그러므로 모든 불안과 고통으로부터 해탈했다.

연기법이라는 것은 관계성의 진리입니다. 이 세상에 존재하고 있는 모든 것은 관계에 의해 이루어지고 있습니다. 관계를 떠나서는 아무것도 존재하지 않습니다. 정신도 그렇고 물질도 그렇고, 부처도 그렇고 중생도 그렇고, 마음도 그렇고 육체도 그렇고, 태어남도 그렇고 죽음도 그렇고, 공간도 그렇고 시간도 그렇고, 큰 것도 그렇고 작은 것도 그렇고, 이 세상에 존재하는 유형 무형의 모든 것은 관계에 의해 이루어지고 있습니다. 관계가 곧 존재이며, 존재가 곧 관계라는 것이 불교의 기본 관점입니다. 독자적으로 존재하는 것은 아무것도 없다는 것입니다. 부처님마저도 이 세상과의 관계 속에서 존재합니다.

사람에게 가장 중요한 것이 무엇입니까? 목숨입니다. 그러면 그 목숨이 도대체 무엇입니까? 목숨을 걸고서라도 목숨을 지키려는 것이 사람입니다. 목숨이 도대체 무엇입니까? 지켜야 할 그 목숨이 어떻게 생겼는지, 어디 있는지 알아야 지킬 수 있지 않겠습니까? 목숨이 소중하다고 하면서도, 목숨이 어디 있는지 어떻게 생겼는지 아는 사람은 아무도 없습니다. 우리는 흔히 자신이 갖고 있는 이 몸뚱이를 목숨이라고 생각합니다. 그리고 이 몸뚱이 안에 자신의 목숨이 있다고 생각합니다. 그래서 이 몸뚱이를 지키려고 애면글면합니다. 누가 건드리면 시비하고, 밥을 주지 않으면 화내고 하면서 우리는 이 몸뚱이가 바로 자기 자신이라고, 그리고 그 안에 있는 것이 자신의 목숨이라고 생각합니다. 이것이 인생살이이고 인간의 역사입니다.

그런데 정말 우리가 그렇게 생각하는 것처럼 우리의 목숨이 존재할까요? 정확하게 따져 보면 그렇지 않음을 알 수가 있습니다. 실제로 우리의 몸뚱이는 지地, 수水, 화火, 풍風의 4대 요소가 서로 어울려 이루어져 있는 상태일 뿐입니다. 이 목숨을 유지해 가려면 공기를 호흡해야 하고, 물을 마셔야 하고, 음식을 먹어야 합니다. 이런 논리로 보면 물은 과연 우리의 목숨인가, 아닌가? 산소가 우리의 목숨인가, 아닌가? 음식이 우리의 목숨인가, 아닌가? 이 말은 산소와 우리가 정상적으로 소통될 수 있는 관계에 의해 우리의 목숨은 존재한다는 말입니다. 물과 나의 소통이 정상적으로 이루어지는 관계에 의해 내 목숨이 성립하고, 음식과 나의 정상적인 관계, 산천초목과 나의 정상적인 관계, 우주와 나의 정상적인 관계 들을 통해 나의 목숨이 성립되고 유지됩니다. 그 관계를 끊으면 모두가 끝입니다.

그러므로 목숨이란 관계의 존재일 뿐입니다. 관계를 떠난 목숨이란 존재하지 않습니다. 그렇다면 내 목숨은 어디에 있겠습니까? 없는 곳이 없습니다. 내 목숨 없는 곳이 없고, 내 목숨 아닌 것이 없습니다. 목숨은 귀중한 것입니다. 귀중한 것은 보호하고 아껴야 합니다.

바로 이 귀중함을 잘 이해하고 인식하고 인정하고 아끼고 보호하는 것이 자비심입니다. 자비심의 본래 모습은 존재의 가치를 정확하게 이해하고 인식하고 인정하고 아끼고 보호하는 마음입니다.

연기법의 이치로 보면, 관계가 우리의 목숨입니다. 연기법의 이치로 보면, 우리의 목숨 아닌 것이 없고 우리의 목숨 없는 곳이 없습니다. 결국 모든 것을 다 귀하게 여길 수밖에 없습니다. 이것이 바로 동체 대비입니다.

그러면 내 목숨을 지키려면 어떻게 해야 하겠습니까? 내 목숨을 지키려면 공기를 지켜야 하고, 물을 지켜야 하고, 흙을 지켜야 하고, 먹을 거리를 지켜야 하고, 산천초목을 지켜야 하고, 온 우주를 지켜야 합니다. 여기에 자기 중심의 이기적인 사고는 설 땅이 없습니다. 연기법으로 개념화된 이 관계성의 진리를 실천하고 실현하려는 몸짓을 한마디로 표현하면 지심귀명례입니다.

이와 같이 연기법의 진리를 정확하게 이해하고 인식하게 되면 자비롭게 살아가지 않을 수가 없습니다. 자비의 길이 아닌 다른 길은 결국 자기 자신을 죽음으로 몰고 가는 자살의 길일 따름입니다. 자비의 길이 아닌 다른 길은 파괴의 길이요, 파멸의 길일 뿐입니다.

인류의 역사가 살상과 파괴의 역사를 되풀이할 수밖에 없었던 것은 연기의 진리에 대해 무지했기 때문입니다. 연기법은, "이것이 있으면 저것이 있고, 저것이 있으니 이것이 있다"는 공식이 보여주듯이, 퍽 단순해 보이지만 사실은 불가사의하게 설명되고 있는 존재의 참 모습이요, 우주의 참 모습으로서의 관계성의 진리인 것입니다.

자기 중심의 이기적인 사고는 연기법의 진리에 대한 무지함에서 비롯하기 때문에 우리의 끝없는 노력이 계속해서 악순환을 낳게 되는 것입니다. 그러므로 연기법의 이치에 맞게 사고하고 말하고 행동해야 한다고 부처님은 가르칩니다. 연기법대로 실천하는 것이 곧 중도요, 팔정도요, 깨달음의 수행이니, 곧, 삶의 문제를 근원적으로 해결하고 우리의 이상을 제대로 실현하는 길인 것입니다.

중도의 의미, 팔정도에서의 "정正"의 의미는 "연기법대로"라는 뜻입니다. 곧, "연기법에 맞는 사고와 실천 태도"라는 말입니다. 그러므로, 예를 들어, 정견이라고 하면 존재의 실상에 맞는 견해, 연기법의 이치에 맞는 견해를 뜻합니다.

우리는 흔히 "바르다"는 말을 즐겨 씁니다. 그러나 도대체 어떤 것이 바른 것입니까? "바르다"는 내용이 도대체 무엇인지를 구체적으로 정확하게 설명하지 못하고 있습니다. 중도 또는 팔정도에 대해 당위론적으로 강조만 할 뿐, 본래의 뜻을 구체적으로 정확하게 이해하고 설명하지 못하다 보니, 부처님의 가르침을 따른다는 불교인들에게서 동체 대비의 마음이 미처 나오지 못하는 것입니다. 그러나 존재의 참 모습을 꿰뚫어 보고 연기법의 이치를 정확하게 이해하고 인식하게 되면 동체 대비의 마음으로 살아가지 않을래야 않을 수가 없습니다. 연기법의 눈으로 세상을 보면 자비심을 가지고 살아갈 수밖에 없습니다.

그런데 우리는 말로는 자비심을 강조하면서도, 사상적으로, 철학적으로 자비심을 일으킬 수 있는 논리적인 근거와 체계를 정확하게 제시하지 못한 탓에, 결국 불교를 한다고 하면서도 자꾸 관념화, 형식화로 빠져들게 되는 것입니다.

다시 요약하면, 중도 또는 팔정도의 내용을 올바르게 파악하고 이해하려면 연기법의 논리로 보아야 합니다. 연기법을 떠난 중도, 연기법과 어긋나는 중도란 있을 수 없습니다. 연기법, 중도, 팔정도에 대한 올바른 이해와 인식과 실천이 바탕을 이루지 않은 불교 수행은 이미 불교 수행이 아니며, 본래 뜻한 바대로의 올바른 수행이 이루어질 수 없다는 점을 명심해야 합니다.

7강

부처님이 성도한 뒤에 전법을 함으로써 한 개인의 체험이 역사의 종교로 전환되었고, 삼보가 형성되어 신앙의 대상이 확립되었습니다. 곧, 전법이 계기가 되어 불교가 역사의 종교, 세계의 종교로 확대된 것입니다.

> "여러 수행자들아, 나는 인간을 얽매는 모든 것에서 벗어나 완전히 자유롭게 되었다. 그대들도 인간의 속박에서 자유롭게 되었다. 이제 중생을 제도하기 위해 나아가라. 그러나 같은 길을 두 사람이 함께 가지는 말아라. 한결같이 훌륭한 법문을 중생에게 들려 주고 언제나 깨끗한 수행자의 생활을 하여라."

지금 사용하고 있는 자료에는 없지만 고전 자료에는 "나는 신과 인간들의 속박으로부터 자유롭게 되었다. 그대들도 신과 인간들의 속박에서 자유롭게 되었다. 이제 전법의 길을 떠나도록 하라"고 되어 있습니다. 부처님은 신과 인간 모두의 스승입니다. 달리 이야기하면, 살아 있는 자와 죽은 자의 스승이라고 할 수도 있습니다. 신과 인간이란 말의 의미는 인간과 신, 살아 있는 자와 죽은 자, 지상과 천상 등의 모든 것을 뜻합니다. 그러므로 부처님을 삼계의 스승이라고 하는 것입니다.

이 부분은 불교의 특징을 드러내 보이는 좋은 단면입니다. 소크라테스

나 공자 같은 분들은 세간에서 성인으로 추앙받고 있기는 하지만 신으로부터 추앙받는다는 말은 없습니다. 그런데 유독 부처님만이 삼계의 스승, 인간과 신들의 스승이라고 일컬어집니다. 인간과 신들의 스승, 지상과 천상의 스승, 살아 있는 자와 죽은 자들의 스승이라고 말입니다.

부처님은 전법을 떠나는 제자들에게 "두 사람이 한길을 함께 가지 말라"고 했습니다. 이것은 불교가 평화의 종교임을 보여 주는 좋은 예입니다.

기독교는 하나님의 영광을 위해 투쟁했지만 불교는 부처님의 영광을 위해 투쟁한 적이 없습니다. 기독교는 항상 함께 가기를 요구하지만 불교는 평화의 종교이기 때문에 오히려 혼자 가기를 권유합니다. 끊임없는 자기 수행을 위해, 또 한 사람이라도 더 많은 사람들에게 법을 전하기 위해, 두 사람이 한길로 가지 말라고 한 것입니다. 평화의 종교이기 때문에 박해를 받고 순교를 하는 일도 그다지 많지 않았습니다. 불교는 박해를 받더라도 인내와 자비심으로 극복하고 소화해야 한다고 가르칩니다. 기독교가 저항적이고 투쟁적인 반면에, 불교는 공존과 평화의 종교라는 특징을 갖고 있다고 해도 아마 틀리지 않을 것입니다. 수행자는 어떤 상황에 처하더라도 평화의 정신을 지키도록 애써야 합니다. 그래야만 올바른 수행자가 되고 올바른 불교인이 될 수 있습니다.

29. 수행과 전법

수행자에게는 할 일이 오직 두 가지뿐입니다. 수행하는 것과 전법하는 것이 그것입니다. 그런데 요즈음 우리는 기득권인 절과 재산을 지키느라고 수행과 전법에 힘을 집중하지 못하고 있습니다. 비록 현실 상황이 그래서 어쩔 수 없더라도 수행자의 본분은 수행과 전법이 전부입니다. 어떤 상황이든 수행과 전법에 인생을 걸어야 할 것입니다.

한국 불교는 언어에 대해 무지할 뿐더러 언어를 상당히 무시하는 경향까지 있습니다. 불립 문자不立文字니 언어 도단言語道斷이니 하면서 언어를 쓸모없는 물건이나 수행에 방해가 되는 물건쯤으로 치부해 버립니다. 일찍이 불조들이 불립 문자, 언어 도단을 이야기한 것은 결코 언어를 무시하라는 뜻으로 말한 것이 아닙니다. 오히려 언어의 속성을 주체적으로 잘 파악하여 언어를 잘 쓸 줄 알아야 함을 시사하고 있습니다. 그런데도 한국 불교는 언어를 부정하고 무시하고 소홀히 다루는 풍토가 만연되어 있습니다. 언어를 함부로 취급하는 것은 불립 문자, 언어 도단의 참다운 의미를 잘 모르고 왜곡되게 받아들였기 때문입니다. 이것은 참으로 심각한 문제가 아닐 수 없습니다.

언어에 대해 무지하고 언어를 무시하고 언어를 소홀히 하다 보면 우리의 삶은 자칫 왜곡되기 쉽습니다. 왜냐 하면 인간의 의사 소통은 대부분 언어를 통해서 이루어지기 때문입니다. 언어를 소홀히 한다고 하는 것은 곧 의사 소통을 소홀히 한다는 것입니다. 따라서 언어를 소홀히 하거나 무시해서는 현실적으로 건강한 삶을 이룰 수가 없습니다.

부처님은 일생 동안 교계통敎誡通을 사용하여 중생을 교화했다고 합니다. 교계통은 가르치고 훈계한다는 말입니다. 따라서 그것은 부처님이 그만큼 언어를 많이 썼음을 나타내 보입니다. 그와 같이 언어를 통해 사람들을 교화해야 했기 때문에 그토록 많은 경전이 만들어진 것입니다. 그만큼 불교에서 언어란 중요합니다. 물론 언어를 통한 의사 소통도 한계가 있고 여러 문제를 낳기도 합니다. 그렇기 때문에 언어의 속성과 언어의 한계와 문제를 정확하게 잘 파악하고 이해하면서 언어를 주체적으로 잘 쓸 줄 알아야 합니다.

수행을 위해서도 언어는 중요하고 전법을 위해서도 언어는 매우 중요합니다.

수행이 실천 모범을 보이는 것이라면, 전법은 자신이 알고 체험한 불교를 다른 사람에게 전하는 언어 행위입니다. 수행이 없는 전법은 있을 수 없고, 전법이 없는 수행 또한 개인적인 체험으로 끝나기 때문에 역사의 종교를 신앙하는 사람들로서는 바람직한 태도라고 할 수 없습니다. 수행자의 본분은 수행과 전법임을 부처님의 생애를 통해 분명하게 새겨둘 필요가 있습니다.

> "부처님, 저는 하나밖에 없는 유복자를 잃어 살아갈 용기마저 잃었습니다. 저에게 이 슬픔을 이겨 내고 살아갈 용기를 주십시오."
>
> 외아들을 잃은 어머니는 너무나 가슴이 아프고 슬프고 괴로워 거의 정신을 잃을 지경이었다. 그는 부처님께 찾아가 자기

아들을 살려 달라고 매달렸다. 부처님께서는 아들을 살려 줄 테니 내가 시키는 대로 하겠느냐고 물었다. 그 어머니는 죽은 아들을 살려 준다는 말을 듣고 감격스러워하며 무엇이든지 하겠다고 대답했다.

"지금 마을로 돌아가 사람이 죽은 적이 없는 집을 찾아서 그 집에서 겨자씨를 다섯 알만 얻어 오너라."

그 어머니는 죽은 아들을 살려 낼 수 있다는 간절한 마음으로 마을에 내려갔다. 그러나 사람이 죽은 적이 없는 집은 한 집도 찾을 수가 없었다.

아들을 잃고 슬픔에 싸인 그 어머니는 마을에서 이 집 저 집 헤매 다니는 과정에서 태어난 자는 반드시 죽게 되어 있다는 진리를 스스로 터득하게 되었습니다. 그리하여 인생의 진리를 깨달음으로써 마침내 마음의 평정을 되찾게 되었고, 그 길로 부처님을 찾아와 부처님 덕택에 평정을 찾게 되었음에 대해 감사드렸습니다.

아들이 죽어서 슬픔에 차 있는 어머니를 만나면 우리는 보통 함께 슬퍼하며 어떻게 하든지 위로하려고 합니다. 그런데 부처님은 스스로 인생의 실상을 올바르게 파악하고, 이해하고, 인식하게 함으로써 어리석은 애정, 어리석은 집착, 어리석은 애착으로부터 깨어날 수 있도록 깨우쳐 주었습니다.

이 작은 일화에는 삶의 문제를 다루는 불교의 방식이 잘 나타나 있습니다. 이것은 굉장히 중요한 이야기입니다. 우리는 아픈 사람 병 낫게 해 주고 슬픈 사람 위로해 주는 것만이 불교에서 말하는, 중생을 위하는 일인 듯이 생각합니다. 그러나 몹시 아픈 사람을 대할 때, 함께 슬퍼하거나 곧 나을 것이라고 위로하기보다는 존재의 진실을 알고 받아들이게 하는 것이 바로 불교입니다. 연기, 무아, 공, 무상에 대한 올바른 이해와 인식을 갖게 해줌으로써 아픔의 문제와 죽음의 문제를 평화롭게 해결할 수 있도록 해야 합니다. 인정에 이끌려 인정으로 대하는 것이 아닙니다. 우리 수행자들이 중생을 위한다고 하면서 대부분 기껏해야 같이 슬퍼하고 같이 괴로워하는 등 인정으로 문제를 다루고 있습니다. 그런데 부처님은 그렇게 하지 않았습니다. 진리에 대해서 눈을 뜨도록, 존재의 실상에 대한 깨달음을 얻도록 끊임없이 유도해 갔습니다. 유복자를 잃은 어머니를 만났을 때 같이 슬퍼하고 같이 아파하며 위로하기보다는, 태어난 자는 누구나 반드시 죽는다고 하는 인생의 실상을 깨우쳐 줌으로써 스스로 고통으로부터 자유로워지도록 하는 것이 불교의 방식입니다.

30. 부처님이 목숨 바쳐 혁명적으로 실천한 것들

부처님은 결코 역사의 현장을 떠나는 법이 없었습니다. 바로 역사의 현장에서 문제를 다루었습니다. 언제나 문제를 회피하는 일 없이 정면으로 대면하여 처리하는 태도를 견지했습니다.

부처님은 인도의 브라만교의 사상과 정신을 원천적으로 부정하고, 연기, 무아 사상을 천명했습니다. 인도의 민중이 믿는 신을 부정해 버린 것입니다. 브라만의 신, 곧, 범신梵神을 부정한 것입니다. 이것은 북한에 가서 김일성 주체사상을 부정하는 것과 같고, 이스라엘에 가서 유일신 여호와를 부정하는 것과 마찬가지입니다. 목숨을 걸지 않고서는 할 수 없는 일이었습니다.

부처님은 불평등한 계급 제도를 깨뜨렸습니다. 지금도 인도 사회에서는 이 계급 제도가 문제가 되고 있는데, 부처님 당시에 인도 사회의 천민들은 사람 취급도 받지 못하고 물건이나 다름없는 취급을 받던 그런 시대였습니다. 그런 시대에 부처님은 "만인은 평등하다. 태어날 때부터 누구는 천민이고 누구는 귀족으로 정해지는, 이런 일은 있을 수가 없다. 그 사람이 어떤 사고와 어떤 언어와 어떤 행동을 하느냐에 따라 귀하고 천함이 좌우된다"며 만민 평등 사상을 주장하였습니다. 그리고 천민을 교단에 받아들였습니다. 당시에 수행자는 그 사회에서 가장 존경받는 신분이었습니다. 계급 제도가 엄격한 사회 상황에서 천민을 수행자 교단에 받아들인 것은 기성의 사회 체계를 근본적으로 부정하는 행위나 다름없었습니다. 맞아 죽을 각오가 없이는 할 수 없는 일이었습니다.

부처님은 또한 여자의 출가를 허락하였습니다. 당시의 인도 사회에서는 여자를 남자의 소유물로 취급했습니다. 여자를 독립된 인격체로 인정하지 않았습니다. 그러나 부처님은 그러한 관습에 얽매임 없이 여성 교단을 허락했습니다. 이 또한 목숨을 걸지 않고서는 할 수 없는 일이었습니다. 굶어 죽을 각오가 없이는 할 수 없는 일이었습니다.

부처님은 신을 믿는 사회에서 신을 부정했습니다. 태어날 때부터 귀족이니 천민이니 하는 신분이 정해지는 사회에 살면서 계급 제도를 부정했습니다. 여성의 인권을 철저하게 무시하던 사회에서 여성의 인권을 존중하고 여성이 수행자가 되는 것을 허락했습니다. 한마디로 그 사회의 근간을 이루는 중요한 사상과 제도를 근본적으로 부정해 버린 것입니다. 맞아 죽거나, 빌어먹던 처지인 만큼 굶어 죽기를 각오하지 않으면 할 수가 없는 일들을 당당하게 실천했습니다.

부처님의 일생을 보면 인류의 역사에서 가장 투철한 혁명 정신으로 살아간 인물임이 여실합니다. 부처님에게는 법의 길만이 희망의 길이었습니다. 법의 길이 아닌 다른 길은 끝없는 고통과 불행의 길이었습니다. 진리를 실현하려면, 고통의 문제를 해결하려면, 목숨을 걸고서라도, 진리를 왜곡하고 희망을 짓밟고 그리하여 결국 인간을 고통 속에 빠뜨리는 기성의 틀을 타파해야 한다고 판단한 것입니다. 그렇기 때문에 맞아 죽고 굶어 죽을 것을 무릅쓰고 몸소 기성의 틀을 부수뜨리는 혁명을 실천해 간 것입니다.

31. 적극적인 현장 참여

한국의 불교 수행자들 대부분이 잘못 이해하고 있는 것이 있습니다. 바로 부처님이 현실 문제를 회피하거나 적당히 거리를 두고 산 것으로 잘못 알고 있는 점입니다. 사실 부처님은 현실의 문제를 회피한 적이 한 번도 없습니다. 언제나 역사 현장에 두 발을 딛고서 문제가 있으면 정면으로 맞닥뜨렸습니다. 다만 한 가지 분명한 것은 어떤 상황에서도 자비심에 입각한 비폭력 평화주의의 방법으로 일관하였다는 것입니다.

살인마 앙굴리말라의 이야기는 유명합니다. 앙굴리말라라고 하는 흉포한 살인마 때문에 온 사회가 불안에 떨고 있던 때였습니다. 그 살인마로 인하여 사람들이 불안에 떨고 공포에 시달린다는 소식을 듣고서 부처님은 그 살인마를 직접 찾아 나섰습니다. 주변의 많은 사람들이 걱정하면서 위험하니 가지 말라고 부처님을 말렸습니다. 하지만 부처님은 아무 망설임 없이 앙굴리말라를 찾아갔고, 마침내 앙굴리말라를 교화시켰습니다.

한번은 이런 일도 있었습니다. 가뭄이 크게 들어 물싸움이 벌어졌습니다. 물싸움은 급기야는 마을과 마을끼리의 싸움으로 번졌습니다. 갈수록 감정이 격화되고 목숨이 다칠 만큼 극한 싸움으로 번져갔습니다. 그 때도 부처님은 직접 현장에 나가 물싸움하는 사람들을 말렸습니다. "물이 중요한가, 사람이 중요한가, 물 때문에 서로를 죽이려고 하느냐? 이 얼마나 어리석은 짓인가!" 하고 설득을 해서 물싸움을 해결했습니다.

> "세존이시여! 무성한 숲은 놓아두고 하필이면 고목나무 아래에 앉아 계십니까?"
> "나라와 민족이 없는 것은 한낮의 뙤약볕 속에서 고목나무 아래에 앉아 있는 것과 같은 것이오."

석가족이 사는 카필라 국을 쳐들어온 정복군 장군과 부처님이 나눈 대화입니다. 강대국의 침범으로 석가족이 멸망당할 위기에 처하게 되었습니다. 부처님의 나라와 민족이 멸망할 수밖에 없는 비극적인 전쟁이 벌어진 것입니다. 상황은 너무나 절박하였습니다. 이 때 부처님은 직접 전쟁터에 가서 정복군 대장을 만나 그를 설득하였습니다. 두 번이나 설득시켜서 군대를 철수시켰습니다. 세 번째 다시 정복군이 쳐들어오자 부처님은 업력으로 맺어진 원한 관계이므로 설득에 한계가 있다고 판단하여 결국 그 자리를 피하였습니다. 그리하여 마침내 석가족은 멸망하였습니다.

여기에서 주목할 것은, 전쟁이 일어났는데 피하지 않고 오히려 전쟁의 한복판에 뛰어들어 직접 해결하려고 한 것입니다.

부처님의 삶에서 주목해야 할 부분이 바로 이런 점들입니다. 이에 따라 오늘을 살고 있는 우리 수행자들은 역사의 문제, 사회의 문제에 대해서 어떤 문제 의식과 태도를 갖고 살아가야 할지 생각할 필요가 있습니다.

대부분의 사람들은 부처님이 매우 행복한 일생을 살다가 열반에 든 것으로 알고 있습니다. 그러나 실제로는 부처님의 일생은 매우 비극적이었습니다. 한 인간이 감당하기에는 너무나 불행한 조건이었습니다.

싯다르타가 왕자로 태어난 카필라 국은 약소국이었습니다. 강대국들 때문에 늘 불안하고 초조해 할 수밖에 없었습니다. 어머니는 왕자가 태어난 뒤 일 주일 만에 돌아가셨습니다. 그리고 당신의 제자인 제바닷다는 세 번씩이나 부처님을 살해할 음모를 꾸몄습니다. 교단의 통치권을 넘겨달라고 하였는데 부처님이 이를 거절하자 부처님을 세 번이나 죽이려고 한 것입니다. 또 부처님을 믿고 존경하며 후원하던 어느 임금은 그의 아들에게 왕권을 빼앗기고 감옥에 갇힌 뒤에 살해당하였습니다. 마지막으로 당신의 국가와 민족이 멸망하는 큰 아픔을 겪었습니다.

이보다 더 비극적인 상황이 어디 있겠습니까? 자신의 제자로부터 살해 음모를 당하고, 국가와 민족이 정복당하고, 자신을 믿고 후원하던 임금은 아들에 의해 왕권을 빼앗긴 채로 감옥에 갇혀 죽임을 당했습니다. 부처님은 이렇듯이 시비와 살상이 소용돌이치는 역사의 현장에서 일생을 살았습니다. 얼마나 불행한 일생이고, 비극적인 삶입니까?

그러나 부처님은 늘 갈등과 대립의 소용돌이 속에서 살았지만 언제나 평화롭게 문제를 해결하였습니다. 분노하지 않고, 증오하지 않고, 싸우지 않고 문제를 풀었습니다. 여기에서 부처님의 위대함이 드러납니다. 문제가 없는 데서 순탄하게 사는 것은 위대한 것이 아닙니다. 온갖 문제가 소용돌이치는 속에서도 문제의 소용돌이에 휘둘리지 않고 당신이 깨달은 진리의 정신에 맞는 방법으로 문제를 다루었습니다. 그 누구도 증오하지 않고 그 누구도 원망하지 않고 그 누구와도 싸우지 않고 문제를 풀어 나갔습니다.

부처님은 그렇듯이 언제나 문제를 무척 평화롭게 다루었기 때문에 사람들은 부처님의 일생이 평화로웠다고 생각합니다. 실제로는 그렇지 않았습니다. 한 개인이 겪을 수 있는 어려움이란 어려움은 다 겪으며 문제의 소용돌이 속에서 살았습니다. 비극적인 상황 속에서 일생을 살았지만, 당신이 깨달은 진리의 정신인 평화로운 방법으로 늘 문제를 해결하였습니다. 그래서 얼핏 보면 평화로운 삶인 듯이 보입니다.

부처님을 믿고 존경하고 따르는 불교 수행자라면 문제를 회피하는 나약하고 안일한 삶의 방식을 따라가서는 안 됩니다. 어떤 문제와도 정면으로 마주서서 불교적인 방식으로 문제를 해결해야 합니다. 당면한 문제를 정면으로 마주하되 언제나 법의 정신에 입각한 실천 태도인 인내와 자애로움을 잃지 않아야 합니다.

역사 속에서 인내와 자애의 정신으로 현실 문제를 풀어낸 인물을 찾는다면 마하트마 간디를 대표적으로 들 수 있습니다. 그는 폭력에 의존하지 않고서도 영국의 통치로부터 나라를 독립시켰습니다. 진실과 사랑으로 싸움의 문제를 해결한 것입니다. 그것이 바로 부처님의 방식입니다. 간디의 예는 수행자가 현실 문제를 어떻게 대처해야 하는지를 잘 보여주고 있습니다.

32. 부처님이 국가, 민족, 교단보다 더 중요하게 여긴 가치

부처님이 국가나 민족, 교단보다 더 중요하게 여긴 가치는 연기와 무아의 진리에 입각한 비폭력, 평화의 정신입니다.

부처님은 법의 길만이 인간의 길이고, 법의 길만이 문제 해결의 길이고, 법의 길만이 희망의 길이라는 분명한 원칙을 갖고 살았습니다. 브라만교의 세계관을 부정하고 무아 사상을 천명했습니다. 잘못된 세계관에 의해 형성된 불평등한 계급 제도를 부정했습니다. 역시 잘못된 세계관 때문에 형성된 남녀 불평등의 관행들을 부정했습니다. 부처님은 이와 같이 법의 실현을 위해서, 인간의 평화와 행복을 실현하는 길을 열어 가기 위해서 자신의 온 존재를 바쳤습니다.

부처님은 법의 길을 통해서만 모든 문제를 근원적으로 해결할 수 있다는 신념을 실천하였습니다. 균형을 유지하고 적절히 조절하기는 했어도 결코 타협하지는 않았습니다. 누구의 눈치도 보지 않았고, 당신에게 불리한지, 유리한지의 여부에 구애받지 않았습니다. 오로지 법의 길, 참된 희망의 길, 만인의 행복을 위한 길을 걸어갔습니다.

부처님은 국가와 민족, 교단과 승가, 문중을 뛰어넘는 중요한 가치는 법의 길임을 확신하였습니다. 인간과 신의 참된 희망과 행복의 길인 "법의 길"을 최고의 가치로 삼고서 실천하였습니다. 법의 정신을 떠난 국가와 민족, 교단은 오히려 미혹과 모순과 혼란을 더 심화시킬 뿐이라고 여겼습니다. 법의 정신에 근거하지 않고서는 그 무엇도 참될 수 없고, 희망일 수 없다고 부처님은 확신하였습니다.

이 세상의 참된 가치는 법의 길뿐입니다.

진리만이 희망의 길이요, 참된 길이라고 확신하여 그것을 실천하는 부처님의 일관된 태도를 잘 보여 준 예가 석가족의 멸망입니다.

당시에 신통이 뛰어난 목련 존자 같은 제자들이 부처님에게 "신통력으로 석가족을 어디 다른 곳으로 옮기면 이 재앙을 피할 수 있지 않겠습니까?" 하고 건의하였습니다. 그러나 부처님은 그것은 바람직한 길이 아니라며 거부하였습니다. 그 전쟁은 당사자들의 어리석은 분노와 증오와 원한에 의한 것이므로 당사자들이 인내하고 이해하고 용서하고 화해함으로써 풀어야 한다는 것이었습니다. 임시 방편으로 다른 수단을 통해 해결하는 것은 근원적인 해결의 길이 아니거니와, 근원적으로 해결하지 않고 임시 방편으로 해결하다 보면 언젠가는 그 비극이 또다시 되풀이되거나 더욱 악화되고 말기 때문입니다. 그래서 부처님은 법의 정신에 맞는 해결 방법이 아니면 안 된다며 그 제안을 거절하였습니다. 결국 석가족은 멸망하였습니다. 이것은 부처님이 나라의 존망을 결정짓는 심각한 현실 문제 앞에서도 모든 것에 앞서 법의 길을 최고의 가치로 삼았음을 보여 준 예입니다.

법의 정신과 법의 길을 생명으로 삼는 위대한 사상과 전통을 우리 역사 속에서 생생하게 보여 준 대표적인 인물로 마하트마 간디가 있습니다. 법의 길을 충실히 따른 그의 사상과 실천은 인류 역사에서 사례를 찾아보기 어려운 대단한 사건입니다. 아쉽게도 우리 나라에는 그런 역사가 없습니다. 우리 나라에는 승군 역사가 있습니다. 서산스님과 사명스님은 도인이고 대단한 분이지만, 칼을 들고 전쟁에 참여한 것에 대해서는 진지하게 생각해 보아야 할 여지가 많습니다. 부처님은 분명 비구는 칼을 들고 싸워서는 안 된다고 하였습니다. 신라 시대 원광 법사의 화랑오계도 법의 길보다는 국가와 민족을 우선 가치로 삼았다는 점에서 문제가 있다고 생각합니다.

마하트마 간디는 부처님과 똑같은 말을 하였습니다. "진리의 정신을 실천하는 유일한 방법인 비폭력 평화 정신이 지켜지지 않는다면 나는 차라리 인도의 독립을 포기하겠다"고 말입니다. 반드시 비폭력 평화의 방법으로 독립을 이루어야 한다면서, 그러지 않는다면 차라리 인도의 독립을 포기하겠다니, 참으로 대단합니다. 인도의 저력과 인도의 위대함이 여기에 있습니다.

비폭력 평화의 논리로 인도를 독립시킨 일은 인류 역사에서 크게 주목해야 할 사건입니다.

그 무렵 서양 사람들은 자신들이 갖고 있는 유일신의 기독교 세계관이 최고의 세계관이라는 확신과 자부심을 갖고 있었습니다. 유일신교적 세계관에 의해 형성된 역사와 문화만이 선진 문화이고 고급 문화이며 인류의 희망이라고 하는, 대단한 자부심이 있었습니다. 그에 따라 그들은 유일신교적 세계관의 가치 척도에 맞지 않으면 후진, 미개, 야만의 역사와 문화로 규정하였습니다. 그들의 유일신교적 세계관이 유일한 희망의 길이므로 온 세계를 그들의 세계관으로 다스려야 한다는 야심을 갖고 있었습니다. 그만큼 그들은 자신들의 세계관과 역사와 문화에 대한 우월감, 자부심을 갖고 있었고, 더 나아가서는 온 세계를 자기들 방식으로 개조해야 한다는 사명감까지 갖고 있었습니다. 그들의 기준에서 볼 때 무지, 빈곤, 질병, 무질서가 뒤범벅이 되어 있는 인도를 위해서 식민지 정책은 정당하다고 여겼습니다.

이런 사람들을 상대로 하여 마하트마 간디가 비무장, 비폭력의 평화 정신으로 독립 운동을 한 것입니다. 이 운동의 결정적인 힘은 과연 어디서 나왔을까요? 물론 인도 사람들의 각성도 중요했지만, 사실 인도인들의 각성보다 더 중요했던 것이 바로 서양 사람들의 각성이었습니다.

인도 사람들은 무장하지도 않았고 공격하지도 않았습니다. 영국 사람들을 상대로 분노하거나 증오하지도 않았습니다. 그런데 영국 사람들은 무장하지도 않았거니와 공격해 오지도 않는 인도 사람들을 일방적으로 발로 차고, 짓밟고, 몽둥이로 패고, 칼로 쑤시고, 총으로 쏴서 죽였습니다.

누가 더 비인간적입니까? 어느 쪽이 더 야만스럽습니까? 물어 볼 것도 없는 일입니다.

여기에서 영국이 무너지기 시작한 것입니다. 그 동안 저희의 것만이 선진 문화이고 고급 문화라는 우월감, 선민 의식, 자부심과 더불어 야만을 개조해야 한다는 사명감까지 갖고 있었는데, 어쩌다 보니 저희가 완전히 폭도의 무리가 되어 있는 것이었습니다. 예상하지 못한 어처구니없는 현상을 본 서양의 양심과 지성들이 마침내 눈뜨기 시작하였습니다. "아, 우리가 무엇인가 잘못 생각하고 있구나" 하고 말입니다. 영국인들이 무장하지 않은 인도 국민들을 몽둥이로 패는 순간, 발로 짓밟는 순간, 총으로 쏘는 순간, 서양이 갖고 있던 자존심, 우월감, 자부심, 절대 권위 따위가 산산이 부서져 버린 것입니다. 일순간에 야만인으로 전락해 버린 것입니다. 서양의 양심과 지성들이 서양의 무지함과 오만함에서 비롯된 과오에 대해 눈뜨고, 반성하고, 뉘우치면서 급기야는 영국을 비판하기 시작하였습니다. 서양을 비판하고 마하트마 간디를 지지하게 되었습니다. 무장하지 않고 공격하지 않는 비폭력 평화의 방법이 인도 국민들의 각성을 이끌어 내고 인도의 자존심을 이끌어 내고, 서양을 각성시키고,

서양 사람들을 반성하게 함으로써 인도의 독립을 실현하였습니다. 인류 역사에서 참으로 크게 주목해야 할 사건입니다.

불교 수행자들이 역사 현실에서 보여 주어야 될 모습이 바로 이런 모습입니다.

왜 그래야 할까요?

만일 인도가 폭력을 통해 독립을 얻어 냈다면, 삶의 질적인 향상이 이루어질 수가 없습니다. 삶을 질적으로 변화시키고 향상시킬 수가 없기 때문에 언제나 악순환이 되풀이됩니다. 인도 사람들은 인도 사람들대로 영국 사람들에 대한 증오, 분노, 원한, 복수심이 계속 격화되고, 또 영국 사람들은 인도 사람들을 상대로 분노, 증오, 원한, 복수심을 키워서 계속 악화되어 갈 수밖에 없습니다. 우리 모두를 더 야만적으로, 더 폭력적으로 만들어 버립니다.

그와 반대로, 인내와 포용으로 비폭력 무저항의 방법을 실천하면 분노, 원한, 증오, 복수를 철저하게 배제하게 되고 그 대신에 인간적인 애정과 신뢰의 방법으로 문제를 다루게 되기 때문에, 우리의 영혼이 정화되고 우리의 삶의 내용이 질적으로 변화되고 향상됩니다. 그리고 그런 과정을 통해 역사는 한 단계 성숙하게 됩니다.

바로 이 점을 마음에 깊이 새겨야 합니다. 우리의 노력이 모순과 고통을 재생산하는 노력인지, 모순과 혼란과 고통을 근절시키고 우리의 삶의 질을 변화시키고 향상시키는 노력인지에 따라서 가치의 척도가 달라집니다.

진리의 방법대로 문제를 다루었을 때 비로소 삶의 질이 향상되고 역사와 문화가 창조적으로 승화됩니다. 그리고 우리의 이상이 단순한 꿈에 머물지 않고 현실의 삶으로 구체화됩니다. 반면에, 관행대로 문제를 다

룰 경우에는, 일시적으로는 문제가 풀리는 듯이 보이지만 실제로는 문제가 다른 형태로 바뀔 뿐이고 해결되지 않은 채로 모순과 혼란의 악순환만 되풀이됩니다. 그리하여 결국 우리의 노력이 또 다른 문제를 잉태시키는 결과에 이르고 맙니다.

그렇기 때문에 부처님은 목숨을 바치더라도 진리의 정신, 진리의 길을 가고자 했고, 더 나아가서는 국가와 민족과 교단을 포기하는 한이 있더라도 진리의 길을 견지해야 한다고 하였습니다.

마하트마 간디는 이런 정신을 가장 잘 계승하고 역사 현장에서 잘 실현한 사람입니다.

물론 마하트마 간디는 불교 신자라고 표방하지는 않았습니다. 사실 제도화된 종교의 틀이 중요한 것은 아닙니다. 이를테면 같은 기독교인이라고 하더라도 신에 대한 이해와 인식은 각양각색입니다. 기독교인이라고 하더라도 존재의 참 모습에 맞는 정신을 가진 사람이 있을 수 있습니다. 마하트마 간디라고 하는 사람도 불교 신자라고 하는 형식적인 틀하고는 관계가 없습니다. 공평 무사한 진리의 정신에 어긋나지 않게 실천해 간 인물일 뿐입니다. 보살이라고 불러도 손색이 없을 분입니다. 같은 불교 신자라고 해도 사람마다 갖고 있는 세계관이 또한 천차 만별입니다. 불교인이라고 해서 그 세계관이 부처님 말씀에 다 맞을는지는 의문의 여지가 많습니다. 형식적인 틀로서 불교 신자냐 아니냐는 그렇게 중요하지 않습니다. 그 사람이 갖고 있는 정신과 삶의 태도가 더 중요합니다.

33. 부처님이 보여 준 일관된 삶의 태도

카필라에 도착한 부처님은 궁전에 들지 않고 출가 사문의 습관에 따라 이 집 저 집 밥을 빌며 다녔다. 왕은 부처님에게 가문을 욕되게 하는 일을 그만두고 어서 들어와 궁전에 머물도록 하라고 권했다. 왕의 머리 속에는 아직도 옛날의 싯다르타가 뚜렷이 남아 있기 때문이었다. 그러나 부처님은 이렇게 대답하였다.

"이것은 출가 사문이 옛날부터 지켜 온 법도입니다."

출가 사문은 거지 신세입니다. 부처님도 출가 사문이므로 거지로서 살았습니다.

석가족은 굉장히 자부심이 강한 민족이었습니다. 선민 의식도 있었고 우월감도 있었습니다. 그런데 왕자라고 하는 이가 출가 수도하여 부처가 되어 돌아왔다고 하는데, 알고 보니 금의 환향은커녕 거지 중에서도 왕거지가 되어 돌아온 것입니다. 망신 치고는 대단히 큰 망신이었습니다. 여러분들도 아마 자기 고향에 가서 탁발하고 다니면 부모 형제 이웃들이 야단 법석을 떨 것입니다. 부처님의 경우는 아버지가 임금이었으니 오죽했겠습니까. 남이 보기에 체면이 영 말이 아니었습니다. 그러나 부처님은 아랑곳하지 않았습니다. 법의 길만이 문제를 해결하는 길이기 때문이었습니다. 수행자가 지켜야 할 법다운 삶의 길이 걸식하는 것이기 때문에 묵묵히 그 길을 갈 뿐이었습니다.

우리는 부처님의 거지 정신을 온전하게 계승해야 합니다. 만일 수행자들이 거지 정신만 제대로 계승한다면 사회로부터 신뢰받고 존경받을 것입니다. 가장 영향력 있는 집단으로서 힘과 지도력을 갖게 될 것입니다. 그런데 지금 우리는 거지 정신에 충실하기는커녕 정반대로 제왕의 정신에 빠져 있는 듯합니다. 부처님이 내던져 버린 제왕의 정신에 매달리고, 부처님이 선택한 거지 정신은 내버리고 있습니다. 이래서야 무슨 희망이 있겠습니까?

34. 부처님의 여성관

일반적으로 여성 문제에 대한 시각은 그 사람이 진보적인지, 보수적인지, 사람이 괜찮은지 괜찮지 않은지를 판단하는 대표적인 잣대로 꼽히고 있습니다. 그것은 여성이 오랫동안 억눌림을 받아 온 사회적 약자이기 때문입니다. 요즘 많이 나아지긴 했지만, 한국 사회는 여전히 관습적으로나 제도적으로 남성 중심의 사회입니다.

여성에 대한 불평등한 관습은 불교계도 더하면 더하지 그 못지 않습니다. 이런 골 깊은 남녀 불평등의 문제를 극복할 기준으로써, 부처님은 여성에 대해서 어떤 시각을 갖고 있었는지 살펴보려고 합니다.

부처님은 이천육백 년 전에 여성을 남자와 똑같이 독립된 인격으로 대했습니다. 여성도 수행을 잘 하면 부처가 될 수 있다고 하면서 여성 교단을 허락하였습니다.

다만 여성 출가자에게는 비구들에게는 요구하지 않은 여덟 가지 요구 조건을 더 달았습니다. 이것을 비구니 팔경법이라고 합니다. 비구니 팔경법을 지키는 조건으로 여성의 출가를 허락한 것입니다. 이것 때문에 불교계에선 여성을 하찮은 존재로 취급하는 경향이 있습니다. 여성은 업이 많고 죄가 많고 남성에 견주어 열등한 존재라고 규정해 버리는 관행이 상당히 강하게 형성되어 있습니다.

그러나 이것은 부처님의 뜻하고는 거리가 먼 현상입니다. 진리는 평등

합니다. 진리를 생명으로 삼는 부처님이 진리에 어긋난 남녀 불평등의 사상을 갖는다면 그것은 모순입니다. 현실적으로 있을 수 없는 일입니다. 삼천대천 세계를 다 끌어안고 살아간 인물이 부처님입니다. 남녀 노소 빈부 귀천을 막론하고 만인에게 희망의 길을 열어 주기 위해서 자신의 전부를 바친 인물이 부처님입니다.

그런데 진리에도 맞지 않고 사람들에게도 유익하지 않은 남녀 불평등관을 갖는다는 것은 상상할 수 없는 일입니다. 만일 부처님이 정말 여자는 죄가 많다, 열등한 존재이다, 전생의 업이 많다는 식의 이야기를 함으로써 사람들에게 그릇된 소견을 심어 주고 나아가 여성들을 열등 의식과 피해 의식과 패배감에 빠지게 했다면, 우리가 부처님을 존경할 까닭이 없습니다.

전생은 중요하지 않습니다. 전생에 내가 사기꾼이었든 협잡꾼이었든 잡놈이었든 무엇을 했든 관계가 없습니다. 문제는 지금 여기에서 어떻게 하느냐입니다. 그것이 불교입니다.

전생에는 부처님도 우리와 똑같이 온갖 짓을 다 했습니다. 그 과정에서 이래서는 안 되겠다고 하고 대비 원력의 발심을 한 것입니다. 지금 현재 어떻게 하느냐가 중요한 것이지 전생은 관계 없습니다. 전생의 업이니 사주 팔자니 하는 것은 다 쓸데없습니다. 그것은 점쟁이들이나 하는 이야기입니다. 숙명론, 사주팔자론 같은 것은 다 점쟁이들이 하는 이야기입니다. 불교에서 하는 이야기가 아닙니다. 불교는 "오늘 여기"를 중요하게 여깁니다. 사실 전생에 잘 살았으면 이미 부처가 되었을 것입니다. 이 생에서 어차피 중생으로 남아 있는 것은 그가 여자든 남자든, 부유하든 가난하든 온갖 짓을 다 하고 살아왔다는 이야기입니다. 다른 복잡한 논리가 필요 없습니다. 중생으로 살고 있는 현실이 전생의 삶을 증명합니다.

중요한 것은 바로 오늘 여기에서 순간순간 어떻게 살고 어떻게 행할 것인가 하는 것입니다. 지금 여기에서 불교적으로 생각하고, 불교적으로 말하고, 불교적으로 행동하지 않는 것이 문제입니다.

그렇다면, 왜 남성에게는 요구하지 않는 것을 유독 여성에게만 여덟 가지 조건을 이야기했을까요? 그것은 여성이 갖고 있는 심리적, 신체적 특징을 고려해서입니다. 다른 하나는 당시 인도의 사회 문화적 배경과 관계가 있다고 봅니다. 시대 상황이 여성을 좀더 보호하고 배려해야 할 점이 있었기 때문에 울타리를 조금 더 높게 쳐 준 것입니다. 결코 우열의 논리, 불평등의 논리로써 그런 것이 아닙니다.

그런데 후대로 오면서 부처님의 뜻은 제대로 살피지 않은 채로 "보아라, 여성은 열등하니까 여덟 가지 계율을 더 만들지 않았느냐" 하는 식의 편견과 관습이 굳어졌습니다.

잘못된 관습에 따라 비구가 권위적으로 비구니에게 군림하려 드는 것은 수행자답지 못합니다. 옳지도 않거니와 바람직하지도 않습니다. 특히 공존과 평등과 평화를 가르치는 불교 집안에서는 남녀 불평등이 있어서는 안 됩니다. 최고의 이상과 가치를 꿈꾸고 뭇 중생에게 희망을 주겠노라고 진리의 길을 찾아나선 수행자 집단인 만큼 그것은 더더욱 말이 안 되는 일입니다. 약자를, 고통받는 자를, 외로운 자를, 슬픈 자를 감싸야 할 수행자들이 약한 여자를 힘으로 누르고 그 위에 권위적으로 군림하려고 든다면, 이것은 치사한 짓거리입니다. 부처님이 비구니에게 여덟 가지 조건을 더 요구한 것은 여성이 죄가 많고 업이 많아 열등하기 때문이라는 논리를 펴며 여성이나 비구니를 무시하고 함부로 하는 것은 바로 약자를 짓밟는 행위입니다. 그렇다면 이미 수행자라고 할 수 없습니다. 약자를 짓밟는 자가 어찌 수행자이겠습니까?.

비구니 문제는 앞으로 여러분들도 부닥칠 문제입니다. 정말로 우리는 불교 정신에 맞는, 부처님 뜻에 맞는, 인간 정신에 맞는, 인간적으로 품위 있는 관점을 갖고 살아야 합니다. 이미 형성되어 있는 풍토와 정서에 휩쓸리지 말아야 합니다. 우리 모두가 평화롭게, 바람직하게, 자유롭게, 인간답게 우리의 꿈과 이상을 실현하기 위하여, 유익한 길을 찾아가기 위하여 신념과 용기를 가져야 합니다.

우리 사회는 많이 극복하였다고는 하지만 아직도 남성 중심의 사회입니다. 남녀 문제가 단순하지는 않습니다. 쉽게 단언할 수는 없는 부분입니다. 부처님 말씀 중에는 "여자가 많아지는 것은 곡식 밭에 잡초가 많아지는 것과 같다"는 표현도 없지 않아 있습니다. 이런저런 오해의 여지가 없는 것은 아닙니다. 그렇기 때문에 문헌학적으로도 검토되어야 하고, 사회적 배경, 종교적 의미 등 여러 가지가 검토되어야 합니다. 남녀가 불평등하기 때문에 비구니 팔경법이 만들어졌다고는 생각하지 않습니다. 설령 불교 사상에 불평등한 요소가 있다고 하더라도 그것은 반드시 극복해 나가야 할 문제이지 그대로 따라가야 할 문제는 아닙니다.

35. 부처님의 열반

"너희는 내가 항상 하던 말을 잊었느냐? 가까운 사람과는 언젠가 이별해야 하는 법이다. 세상에 무상하지 않은 것은 없다. 모든 것은 세월을 따라 변한다. 아난다야, 저기 큰 나무가 있구나. 저 무성한 가지 중에서 하나쯤은 먼저 시들어 떨어질 수도 있지 않으냐? 그와 같이 사리풋타도 먼저 간 것이다. 이 세상에 무상하지 않은 것은 없다. 너희는 언제든지 너희 자신에 의지하여라. 남에게 의지해선 안 된다. 그리고 법에 의지하고 다른 것에 의지하지 말아라."

사리풋타가 부처님보다 먼저 열반하였습니다. 사리풋타의 열반 소식을 접하고 슬픔에 젖어 있는 아난다를 보고 부처님이 한 이야기입니다.

여기서 강조하고 싶은 것은 "의법依法 불의인不依人, 곧, 법에 의지하되 사람에게 의지하지 말라"는 가르침입니다.

"세존이시여, 세존께서 떠나시면 저희는 누구를 의지해야 합니까?"

"아난다여, 나는 승가가 나에게 의지하고 있다고 생각한 적이 없다네. 오직 그 동안 설명한 교리와 계율만이 그대의 스승이며 교단의 길잡이라네. 언제나 법에 의지하고, 사람에게 의지하지 말게나."

부처님이 돌아가실 무렵에 부처님과 아난다가 주고받은 문답입니다. 이것은 부처님의 유언인 셈입니다.

"법에 의지하고 사람에게 의지하지 말라." 매우 중요한 부분입니다. 여기에서 법이라는 것은 일차적으로는 연기법이며, 그것을 좀더 구체적인 언어로 표현한 것이 경전과 계율입니다. 법에 의지하되, 이 법의 내용을 갖고 같이 사는 사람들과 합의해서 합의된 대로 살아가라는 이야기입니다. 대중의 뜻을 모아 부처님 가르침에 입각하여 함께 논의하고 합의하며 실천할 것, 이것이 바로 교단을 운영하는 길입니다. 우리가 의지할 대목입니다.

이런 면에서 보면 불교는 민주주의 중에서도 가장 완전한 민주주의입니다. 민주주의 제도를 사회 제도 가운데서 가장 발달된 제도라고 하는데, 승가 공동체처럼 이상적이고 완벽한 민주주의 사회도 없습니다. "법에 의지하고 사람에게 의지하지 말라"는 가르침은 길이길이 새겨야 할 가장 중요한 부분입니다.

얼마 전에 있었던 조계종단의 폭력 사태 따위는 부처님이 유언으로 남긴 이 가르침을 제대로 살리지 못했기 때문에 일어난 일입니다. 부처님도 법에 의지해서 부처님인 것이지, 그러지 않았다면 더 이상 부처님일 수 없습니다. 종정도, 조실도, 방장도 마찬가지입니다. 법에 입각한 종정이고, 법에 입각한 조실이고, 법에 입각한 방장이어야 합니다. 부처님도 자신이 법이라고 하지 않았습니다. 부처님이라는 인물에게 의지하지 말고 법에 의지하라고 하였습니다.

그런데 요즈음 우리는 정반대로 가고 있습니다. 직위, 인물이 법이 되고 있습니다. 문중, 조실, 방장이 법이 되고 있습니다. 특정 지위나 인물이 법이 되고 있습니다. 결국 대중의 의견이 수렴되지도 않고, 법의 정신에 맞는지 맞지 않는지 검토하지도 않고, 그냥 윗사람 생각에 따라 모든 일이 좌지우지되고 있습니다. 법의 정신이, 사람한테 의지하지 말고 법에 의지하라고 한 정신이 죽었기 때문에 조계 종단에 치욕적인 일이 벌어진 것입니다.

"법에 의지하고 사람에게 의지하지 말라"는 부처님의 가르침은 그대로 우리의 생명입니다.

열반은 적멸寂滅이라고 합니다. 고요할 적寂, 소멸할 멸滅이니, "타오르던 불이 꺼져 버렸다," "타오르는 불을 불어서 껐다," 곧, 무지와 탐진치 욕망의 불길이 다 소멸되었다는 뜻입니다. 번뇌의 불길이 다 소멸되었다는 말입니다. 번뇌의 불길이 다 소멸되니까 존재의 참 모습이 다 드러나고 존재의 참 모습이 다 드러나니 마침내 고苦로부터 해탈한 것입니다.

부처님이 육신을 버리고 세상을 떠난 것을 "대열반"이라고 하는데 실제 내용은 번뇌의 불길이 다 꺼졌다, 무지와 집착의 불길이 다 소멸되었다는 뜻입니다. 그래서 존재의 참 모습이 드러나고 모든 고통으로부터 해탈된 경지를 열반이라고 합니다. 그런데 비록 깨달음을 얻었다 하더라도 육체적인 한계는 여전히 남아 있습니다. 나이가 먹으면 늙고, 때에 따라서는 아프고 또 배도 고프고 잠도 오고, 무리하면 피곤해지기도 하는 등의 육체적인 문제는 여전합니다.

육체를 버리고 떠남으로써만 비로소 육체가 갖는 한계와 문제가 완전히 끝나 버립니다. 그래서 부처님이 세상을 떠난 것을 대열반, 무여 열반無餘涅槃이라고 표현하는 것입니다. 실제 열반의 의미는 죽음을 뜻하기보다는 무지와 집착의 불길, 탐진치의 불길, 번뇌의 불길이 완전히 다 소멸됨을 의미합니다.

36. 열반을 통해 우리에게 남긴 가르침

부처님의 탄생을 장엄한 일출이라고 한다면 부처님의 열반은 황홀한 일몰이라고 할 수 있습니다.

부처님의 일생은 비극적 상황이 소용돌이치는 현장 속의 삶이었지만, 그런 현장에서도 부처님은 무척 평화롭게 일생을 살았습니다. 그 누구를 향해 분노하지도 않고, 그 누구를 향해 증오하지도 않고, 그 누구를 향해 비난하는 말 한마디 하지 않으며, 그 누구하고 싸우지도 않으며, 팔십 년 생애를 감동적으로 살았습니다. 부처님이 이 사바 세계를 떠나기 위해서 준비하는 과정과 열반에 드는 장면을 보면 지극히 아름답고 평화롭습니다. 인간의 죽음이 이렇게 아름답고 평화로울 수 있다는 것은 크나큰 신비로움입니다. 또한 인간의 위대한 가능성을 확인시켜 주는 희망이기도 합니다. 황홀한 일몰처럼 소멸해 가는 부처님의 입멸은 가슴 벅찬 감동입니다. 부처님의 죽음을 보노라면 죽음은 불안과 공포의 대상이 아니고, 그립고 그리운 고향을 찾아가는 기쁨의 여행입니다. 열반에 들 무렵의 대화 몇 장면을 함께 음미하는 것도 좋겠습니다.

> "세존께서 중병을 앓게 만든 춘다의 공양을 어떻게 생각하십니까?"
>
> "벗들이여, 누군가 춘다에게 '자네가 올린 공양을 마지막으

> 로 부처님이 돌아가셨으니 자네 책임이네' 하는 따위의 말로 그에게 심한 죄책감을 일으킬 수 있을 걸세. 벗들이여, 그것은 온당치 않다네. 많은 사람들이 집착하는 것을 모두 버리고 열반에 들게 한 춘다의 공양은 진정 최고의 공양으로 최상의 공덕이 될 것이네."

경전에 의하면 부처님은 춘다의 공양 때문에 죽을 병을 앓게 되고 그 길로 열반하게 됩니다. 그런데 부처님은 행여 그 일로 춘다가 상처받을까 걱정되어 미리 세심하게 배려하고 있습니다. 살아남은 사람이 죽음을 맞이한 사람을 위로하는 것이 상례인데, 부처님은 오히려 살아 있는 사람을 배려하고 위로하고 있습니다. 영락 없이 어린 자식을 떼어 놓고 나들이 가는 어머니의 모습입니다. 그 마지막 유언입니다.

> "아난다여, 그만 슬퍼하게나. 그 동안 참으로 고마웠네. 지금이야말로 용기를 가지고 행동할 때네. 열심히 정진하게나. 자네도 곧 통찰과 해탈을 성취하게 될 걸세."

아난다는 부처님을 가장 가까이에서 모시고 가르침을 가장 많이 들었지만 깨달음의 지혜를 얻지 못했습니다. 부처님이 세상을 떠나고 나면 깨달음과는 영영 멀어지는 것이 아닐까 하는 절망감 때문에 몹시 슬퍼하고 괴로워하였습니다. 이 점을 알아챈 부처님이 절망에 빠져 있는 아난다를 위로하고 격려해 줌으로써 평정을 되찾고 희망을 갖게 하고 있습니다. 마치 어린 자식을 집에 두고 길 떠나는 어머니처럼 자상하게 위로하고 타이르고 지침을 주고 있습니다.

"모든 것은 변화해 간다. 게으름부리지 말고 정진하라."

이것이 부처님의 마지막 말씀입니다.

"세상은 무상하다, 끊임없이 변화한다. 변화를 두려워하지 마라. 불교는 변화를 진리로 받아들이는 종교이다. 게으름부리지 말고 열심히 정진하라." 부처님은 마지막으로 이 말씀을 남기고, 평화롭게 살아왔듯이 평화롭게 눈을 감았습니다. 황홀한 일몰처럼 그 생애를 마감하였습니다.

부처님이 입멸을 통해 우리에게 보여 주고자 한 것이 무엇인지 살펴보겠습니다.

첫째, 부처님도 무상과 무아의 진리에 따라 살아가고 있음을 보여 주고 있습니다.

둘째, 태어난 자는 반드시 죽으며, 이 세상 그 무엇도 변화하지 않는 것은 없다는 연기 무아의 실상을 온전하게 드러내고 있습니다.

셋째, 자신이 의지할 곳은 자신밖에 없으므로, 자신을 귀의처로 만들기 위해 무상 무아의 진리를 가슴 깊이 새기고 주체적으로 게으름부리지 말고 수행 정진하라고 이르고 있습니다.

지금까지 말 타고 달리면서 산을 둘러보는 격으로 부처님 생애를 살펴보았습니다. 미흡한 점이 한두 가지가 아니지만 아무쪼록 이 기회가 부처님의 삶이 자신의 삶이 되도록 하는 계기로 승화되길 바랍니다.

8강

몇 가지 질문과 그에 관한 답

과학 문명에 대한 질문

중요한 것은 세계관입니다. 현대 문명에 대해 문제 제기를 하면 마치 현실의 삶을 부정하는 것처럼 생각하는데 그것은 문제의 본질을 잘못 파악한 이야기입니다. 예를 들어 생각해 봅시다. 지금까지 우리를 지배해 왔던 세계관은 싸움의 세계관이었습니다. "신과 인간은 다르다, 너와 나는 다르다, 인간과 자연은 다르다." 이처럼 이원적이고 대립적인 세계관으로 문제를 다루어 왔기 때문에 인류의 역사가 약육 강식과 생존 경쟁의 방법을 선택하게 되고, 싸움의 역사로 흘러 온 것입니다. 같은 맥락에서 과학이라고 하는 것도 인간의 욕구인 소유와 승리와 지배를 위한 도구가 되어 왔습니다.

현대 과학이 핵무기를 만들어 낸 것을 보면 그것은 분명해집니다. 물론 사람들의 명분과 논리는 평화를 위해서라고 합니다. 힘의 균형을 유지해야만 평화가 이루어지기 때문이라고 합니다. 명분과 논리를 아무리 그럴듯하게 내세운다 해도 그 내용을 보면 맹목적인 소유욕, 승리욕, 지배욕을 실현하고자 하는 욕망이 바탕에 깔려 있음을 알 수 있습니다.

그와는 반대로, 이원적 세계관이 아닌, 공존과 융화의 세계관으로 문제를 다루면 과학 기술의 태도는 확연히 달라집니다. 굳이 설명하자면, 싸워서 이기는 길을 찾지 않고, 함께 사는 길을 찾게 됩니다.

여기에 칼 한 자루가 있습니다. 이 칼은 선도 악도 아닙니다. 이 칼이 아들 딸을 둔 어머니에게 주어지면 아들 딸에게 맛있는 음식을 만들어 주는 칼로 쓰입니다. 그러나 강도에게 주어지면 사람을 죽이는 칼로 쓰입니다.

과학 문명 자체는 선도 악도 아닙니다. 어떤 가치관과 세계관으로 다루느냐에 따라 선으로 쓰이기도 하고 악으로 쓰이기도 하는 것입니다.

종교의 역할에 대한 질문

종교가 해야 할 일은 바로 문제를 올바른 방향에서 근원적으로 풀어 갈 수 있는 바른 눈을 갖게 해 주는 것입니다. 그러므로 부처님은 "여래는 다만 길을 가리킬 뿐이다"라고 이야기하였고 평생 그 길을 갔습니다.

우리가 캄캄한 길을 가는 데에 가장 필요한 것은 등불입니다. 돈이 많이 필요한 것도 아니고 힘이 필요한 것도 아니고 다른 어떤 것이 필요한 것이 아니라, 일차적으로 등불이 필요합니다. 어두운 길을 가는 데는 등불이 있어야 가야 할 길인지, 함정이나 장애물이 있는지를 정확하게 보아서 함정에 빠지거나 길을 잃지 않고 길을 갈 수가 있습니다.

그렇듯이 종교인이라고 해서 사람들을 가는 데마다 좇아 다니면서 기능적으로, 기술적으로 다 대응할 수는 없습니다. 다만 올바른 길을 제시하는 것이 종교인이 할 일입니다.

올바른 길을 제시하기 위해서는 두 가지가 필요합니다. 하나는 부처님의 가르침에 대한 올바른 파악과 이해와 인식을 바탕으로 한 불교적 세계관의 확립, 또 하나는 사회와 역사의 흐름을 꿰뚫어 보는 통찰력이 있어야 합니다. 시대의 흐름, 시대의 문제, 역사의 문제를 꿰뚫어 볼 수 있어야만 길을 제시해 줄 수가 있습니다.

그런데 문제는 한국의 불교 수행자들이 이 두 가지를 다 제대로 하지 못한다는 것입니다. 그 중에서도 더 절실하고 시급한 것은 부처님의 가르침을 제대로 파악하고 이해하기 위한 모색이 너무나 취약한 점입니다.

아무쪼록 수행자라면 불교적인 안목으로 역사를 보고, 불교적인 안목으로 삶의 문제를 다루어야 합니다. 부처님의 가르침에 따라 고준한 사상과 정신으로 문제를 통찰하는 안목을 지니고 헌신적으로 실천하는 태도를 견지해야 합니다.

음식에 대한 질문

부처님은 무엇을 먹을 것인가 하는 문제를 크게 중요하게 여기지 않았습니다. 오로지 마을 사람들이 주는 음식을 감사하게 먹을 뿐이었습니다. 경전을 읽어 보면 부처님이 평소 음식에 대해서 문제시하고 경계한 것은 오직 음식에 대한 탐욕이었음을 알 수 있습니다. "식탐하지 말라"는 것입니다. 맛있고 기름진 음식의 노예가 되면 안 되기 때문입니다. 그러니까 무엇을 먹느냐가 문제가 아니라, 음식에 대한 태도를 문제 삼고 있는 것입니다. 그 정신이 공양 의식의 전통으로 오늘까지 전해 오는데, 바로 "오관게五觀偈"입니다.

한국 불교는 먹는 문제 때문에 많은 혼란을 겪고 있습니다. 예를 들어 파를 먹을 것인지 말 것인지, 고기를 먹을 것인지 말 것인지 하는 따위의 문제로 서로 불신하고 갈등하는 끝에 화합을 깨뜨리기까지 합니다. 태국, 스리랑카, 미얀마 같은 남방 국가에서는 다 같은 불교 국가이지만 육식을 금하지 않습니다. 그런데 중국, 한국 같은 북방계는 엄하게 육식을 금하고 있습니다.

부처님은 어떻게 하였을까요?

부처님은 현실적으로 얻어먹는 처지였습니다. 얻어먹는 처지에 팥 놔라 콩 놔라 할 수가 없습니다. 부처님은 일반 대중이 저희끼리 먹기 위해서 만들어 놓은 음식 중의 일부분을 나누어 주면 그것을 먹었습니다. 그렇기 때문에 때로는 얻어먹는 음식에 파가 들어갈 수도 있고 고기가 들어갈 수도 있고 멸치가 들어갈 수도 있었습니다.

예약해서 가는 것도 아니고 날마다 정해진 집에 가는 것이 아니므로 파 넣지 마라 고기 넣지 마라 하고 주문할 수도 없습니다. 주어진 대로 먹을 수밖에 없는 처지였습니다. 그렇기 때문에 부처님은 정말로 진실하게 보시하는 음식일 경우는 주어진 음식을 아주 감사하게 받았습니다. 이것이 음식에 대한 부처님의 태도였습니다.

무엇을 먹느냐가 중요한 것이 아닙니다. 음식을 대하는 태도가 중요합니다. 음식을 향한 욕망에 끌려 다니지 말라는 이야기입니다. 예를 들어, 오늘은 밥을 먹게 될 인연인데, 입맛은 국수를 먹고 싶다고 해서 일부러 국수를 구해 먹으려 한다면, 이것은 식욕의 노예가 되어 끌려 다니는 꼴입니다. 이것은 음식에 대한 수행자의 태도가 아닙니다. 주어진 음식을 감사하게 받아야 합니다. 어쩌다 고기가 든 음식이 주어졌다 해도, 다른 것을 요구하기보다는 주어진 음식을 감사하게 받는 것이 바람직합니다.

부처님은 물론 육식을 금하였습니다. 수행자가 일부러 고기를 구해 먹지는 말라고 하였습니다. 예를 들면 고기를 먹고 싶다고 해서 일부러 달라고 하거나 찾아다니면 옳지 않다는 이야기입니다. 부처님이 육식을 금한 경우는 일부러 잡아 먹거나 일부러 사다 먹거나 일부러 부탁해서 먹는 경우들입니다. 그런 일은 옳지 않고 바람직하지도 않기 때문에 결코 하지 말라고 하였습니다.

수행자는 반드시 주어진 음식을 기쁜 마음으로 감사하게 공양하는 태도를 잘 지키고 유지하는 것이 바람직한 태도임을 분명하게 인식하고, 실제 생활에서 지혜롭게 지켜 가야 할 것입니다.

불살생不殺生에 대한 질문

그 동안 살생 문제를 이야기할 때 소 한 마리를 죽일 것인가 말 것인가, 돼지 한 마리를 죽일 것인가 말 것인가 늘 이런 식으로 문제를 다루어 왔습니다. 그런데 오늘날에는 소 한 마리를 죽일 것인가 살릴 것인가 하는 것은 별 의미가 없습니다. 이제는 환경이 오염되고 생태가 파괴되고 세계 곳곳에서 이상 기후가 발생하는 상황입니다. 우리가 보호해야 한다고 생각하는 생명체들이 활동할 무대 자체가 망가지고 붕괴되고 있습니다. 사람의 생명을 포함해 소, 돼지, 닭 등 모든 생명들의 삶의 터전이 원천적으로 파괴되고 있습니다.

이런 상황에서 오늘날 불교의 불살생계를 실천하는 것은 비단 소 한 마리를 죽이느냐 마느냐의 문제로 끝나지 않습니다. 그보다는 생명체들의 무대인 생태계 파계와 환경 문제를 어떻게 해결할 것인지에 주력해야 합니다. 그만큼 오늘날의 상황이 과거와는 크게 달라진 것입니다. 지금까지는 소 한 마리를 죽이느냐 마느냐가 살생 계율의 중요한 부분이었지만, 지금은 문제가 그렇게 단순하지가 않습니다. 오늘날은 생명이 살아갈 수 있는 무대 자체가 깨어지고 있기 때문입니다. 따라서 그 무대를 어떻게 살려 낼 것인가, 그 무대를 어떻게 정상적으로 돌이킬 것인가 하는 문제 의식으로 접근할 때에만 살생 문제에 대한 바람직한 해답을 이끌어 낼 수 있습니다.

불교적인 관점을 분명하게 해야 함과 동시에 시대의 흐름을 정확히 꿰뚫어 보아야 합니다. 그래야 우리가 올바른 길을 제시할 수 있습니다. 이 일은 단순하게 많은 지식과 정보를 가진다고 해서 되는 것은 아닙니다. 지식과 정보는 필요한 것도 있지만 불필요한 것이 더 많습니다. 앞으로의 사회는 어쩌면 엄청난 정보 더미에 파묻히는 바람에 사람들이 더 불행해질 가능성이 높습니다.

그렇기 때문에 참으로 중요한 것은, 지식과 정보를 선택할 수 있는 세계관과 철학의 눈을 가지는 것입니다. 올바른 세계관과 철학에 토대한 안목을 기르기 위해 우리가 불교 공부를 하는 것입니다. 존재의 실상인 연기법의 세계관과 철학에 토대하지 않고 사는 것은, 눈을 감은 채 세상을 달려 가는 격입니다. 등불 없이 어두운 밤길을 걸어가는 것은 오류와 방황, 상처와 혼란의 연속일 수밖에 없습니다.

업業과 인연에 대한 질문

인연이란 말은 진리라는 뜻입니다. 모든 존재가 그런 상태로 존재할 수 있도록 하는 원리가 연기법이고, 인연법입니다. 그에 비해 업業이라는 것은 인간이 하는 행위에 의해 나타나는 힘을 이야기합니다. 우리가 사고하고 말하고 행동하는 것을 신身, 구口, 의意의 삼업이라고 합니다. 몸과 입과 마음의 삼업의 활동을 통해 생기는 영향력을 업이라고 합니다. 인연이 인간을 인간으로 존재하게 하는, 사물을 사물로 존재하게 하는 원리라고 한다면, 업은 인간이 갖고 있는 사고, 언어, 행위에 의해 형성되는 힘을 말하는 것입니다.

이 세상에 법의 길을 함께 가는 것처럼 좋은 인연은 없습니다. 대단한 인연입니다. 이 대단한 인연이 헛되지 않고 더 아름다운 인연을 꽃피워 낼 수 있도록 노력하기 바랍니다. 또 한 사람도 탈락하지 않고 계를 받아서 가깝게는 자기 개인을 위해서, 크게는 한국 불교를 위해서, 더 나아가서는 우리 한국 사회와 이 시대를 위해서 등불이 되고 빛이 되는 훌륭한 수행자가 되기를 바랍니다.

생명 복제에 대한 질문

요즘 생명 복제 문제로 많은 논란이 일고 있습니다. 대부분의 종교계에서는 심각한 우려와 함께 반대 입장을 보이고 있습니다. 불교계는 아직까지 공식적으로 이렇다 할 의견을 내고 있지 않지만, 분명 옳지도 않고 바람직하지도 않다는 결론을 내리게 될 것으로 믿습니다. 지금까지의 경험으로 보아, 이 문제는 앞으로도 끝없는 논란이 이어질 것이고 사람들은 많은 모순과 혼란을 겪게 될 것입니다.

얼핏 생각하면 이 문제는 굉장히 복잡하고 어려운 문제임에는 틀림없습니다. 하지만 관점을 어떻게 갖는냐에 따라 전혀 달리 쉽게 정리할 수도 있습니다.

세상 어떤 문제든 이해 득실의 관점을 갖고 다루면 끝없는 갈등과 대립, 모순과 혼란에 빠져들 수밖에 없습니다. 그 동안 인류 역사가 걸어온 길이 대체로 그랬습니다.

반면에 진리의 관점에서 문제를 다루면 매우 단순하고 명쾌해집니다. 이 소식을 반야심경에서는 "오온五蘊이 비어 있음을 꿰뚫어 보면 일체의 고난과 액란으로부터 해탈하게 된다"라고, 또 "존재의 실상에 어긋나는 뒤바뀐 생각을 버리고 떠나면 바로 열반이다"라고 설파하고 있습니다. 진리만이 참 삶의 길이요, 진리만이 희망의 길임을 뜻하는 말입니다. 역사의 빛이라고 할 만한 성자들이 살아간 삶이 바로 진리의 삶일 것입니다.

생명 복제 문제도 마찬가지입니다. 인간 중심의 이기적인 욕망에 근거한 이해 득실의 논리로 보면 복잡 다단하겠지만, 진리의 관점에서 보면 뜻밖에 단순 명쾌해질 것이라고 봅니다.

불교는 이 세상 모든 것들이 조건 따라 형성된다고 가르칩니다. 생명이 탄생할 수 있는 조건을 만들어 내기만 한다면 당연히 생명이 탄생하게 되는 것이 세상의 이치입니다. 같은 선상에서 생명 복제도 기술적으로는 가능할 것입니다. 현실적으로 인간에게 필요하고 유익하기도 할 것입니다.

그러나 세상에는 해도 되는 일과 해서는 안 되는 일이 있는 법입니다. 기술적으로 가능하고 인간에게 필요하면 무엇이든지 해도 무방하다고 여기는 것은 그야말로 위험한 생각입니다. 우리가 살아온 경험을 되짚어 살펴보십시오. 인간이 필요하고 유익하다고 여기는 것은 해 보지 않은 것 없이 다 해 왔습니다. 그런데 그 과정과 결과가 어떻습니까? 끝없는 살상과 파괴의 세월을 걸어왔고, 앞으로도 그러한 비극과 불행은 좀처럼 끝날 조짐이 보이지 않는 것이 오늘 우리가 처한 현실입니다. 왜 이렇게 되었을까요?

이유는 간단합니다. 바로 진리에 무지했기 때문이며, 진리에 어긋나는 길을 걸어온 결과입니다.

진리에 어긋나는 길을 가는 한, 제아무리 온 우주를 마음대로 좌지우지한다 해도 문제의 악순환은 절대로 해결되지 않는다는 사실을 역사는 잘 보여 주고 있습니다.

불교에서는 진속 불이眞俗不二라고 하여, 진리와 우리의 삶이 일치하거나 조화를 이루는 삶만이 우리가 걸어갈 길이라고 합니다.

생명 복제의 문제도 그 같은 맥락에서 생각해야 한다고 봅니다. 오로지 인간 중심, 자기 중심의 관점에서 동기가 선하고 인간에게 유익하니 괜찮다고 합리화하면서, 지난 역사의 전철을 밟아서는 결코 안 됩니다. 생명 공학이 인간 중심, 자기 중심의 이기적인 필요성에 의해 좌우되고 있는 상황 아래에서 그 일이 계속 진행되는 것은 옳지도 않을뿐더러 대단히 위험한 일이라고 봅니다.

생명 복제의 문제는 아무쪼록 적어도 보편적인 진리에 일치하고 뭇 생명에게 반드시 필요하며 현실적으로 바람직하다는 사회적 확신이 확립된 다음에 다루어 가는 것이 바람직할 것입니다.

이것에 대하여 불교 사상과 정신에 입각한 불교계의 견해가 하루빨리 나오기를 고대합니다.

내가 본 부처: 핵심 요약

도법스님이 출가 수행자에게 들려주는 부처님의 생애 이야기, 「내가 본 부처」를 그 핵심적인 내용만 간추려서 다음과 같이 요약 정리하였습니다. 이것은 우리가 부처님의 생애를 어떤 관점에서 보고 이해할 것인지를 간결하고도 명쾌하게 길잡이해 줄 것입니다.

1. 왜 부처님의 생애를 공부해야 하는가

첫째, 부처님이 모든 불교 사상과 정신의 근본이며 실현해야 할 최고의 수행자상이고 인간상이기 때문입니다.
둘째, 불교를 올바르고 쉽고 바람직하게 공부하는 길이며 순탄한 수행의 길을 가는 데에 기본 토대가 되기 때문입니다.

2. 왜 부처님의 탄생을 찬탄하는가

미혹과 고통을 재생산하는 중생의 삶을 청산하고 깨달음과 대자유의 삶을 실현하는 역사의 시작이기 때문입니다.

3. 부처님이 태어나신 까닭

부처님이 태어나신 뜻은 "천상천하 유아독존 삼계개고 아당안지天上天下 唯我獨存 三界皆苦 我當安之"를 실현하기 위함입니다.

4. "천상천하 유아독존"에 담긴 세 가지 뜻

첫째, 우주가 곧 나 자신이고 내가 곧 우주이니, 독립된 나는 본디 존재하지 않는다는 "무아無我"를 나타냅니다.
둘째, 존재의 존귀함을 나타냅니다.
셋째, 부처님이 쌓아 온 선근 공덕(보살행)의 독보적인 존재성을 나타냅니다.

5. 부처님은 어떤 과정을 거쳐 태어났는가

오랫동안 여러 생을 거듭하면서 미혹의 중생을 구제하려는 대비 원력의 헌신적인 실천 과정을 통해 마침내 부처로 탄생하였습니다.

6. 부처님의 탄생과 중생의 태어남은 어떻게 다른가
부처님은 대비 원력에 따라 태어났고, 중생은 미혹과 집착의 업력에 따라 태어났습니다.

7. 불교의 존재 이유
생명의 존귀함을 구현하고 미혹 속의 중생을 구제하기 위함입니다. 또 미혹의 역사를 청산하고 깨달음의 역사를 실현하기 위해 불교가 있는 것입니다.

8. 부처님의 발심 과정
먼저 모순과 고통의 현실을 직시하였습니다. 그리고 모순과 고통의 삶을 되풀이하는 중생에 대한 뜨거운 연민을 일으켰습니다. 그리하여 그 모든 문제를 근원적으로 해결하는 길을 찾아야겠다는 비장한 결심을 하였습니다.

9. 부처님의 발심 내용
미혹과 고통의 문제를 근원적으로 해결하기 위해 자신의 온 존재를 바쳐 헌신할 것을 결심하는 대비 원력입니다.

10. 부처님이 출가한 과정
대비 원력의 발심을 하고 나서 세속을 버리고 떠났습니다. 그런 뒤에 삭발하고 염의했습니다.

11. 부처님이 출가한 목적
미혹과 고통을 재생산하는 중생의 삶을 버리고 깨달음과 해탈의 길을 찾기 위해서였습니다.

12. 부처님 생애에서의 두 번의 큰 출가
첫번째는 세속을 버리고 출가 수행의 길을 찾아 나선 것입니다.
두번째는 주변의 비난과 질시를 무릅쓰고 고행주의의 수행 방법을 용감하게 버리고 중도 수행의 길을 모색한 것입니다.

13. 출가하면서 반드시 돌아오겠다고 한 까닭
부처님은 세상에 대한 큰 자비심으로 세상의 문제를 해결하기 위한 길을 찾기 위해, 주변의 반대와 여러 가지 위험에도 불구하고 기어이 출가하였습니다. 그러면서 깨달음의 길을 가르쳐 세상을 구제하기 위해 반드시 돌아오겠다고 하였습니다. 출가도 대자비심, 돌아옴도 대자비심입니다.

14. 초인적인 신비 체험을 일거에 버리게 한 힘은?
대비 원력의 발심 내용이 올바르고 투철했기 때문에, 신비 체험에 현혹당하지 않고 끝까지 깨달음의 길을 올바르게 갈 수 있었습니다.

15. 부처님의 깨달음의 과정과 내용
첫째, 지금까지의 수행 과정을 반추하여 정리합니다.
둘째, 극심한 고행을 하였습니다.
셋째, 고행을 포기하였습니다.
넷째, 중도 수행을 모색하였습니다.
다섯째, 존재의 참 모습, 곧, 연기법을 깨달았습니다.

16. 고행을 포기한 다음의 수행 내용
첫째, 본래의 연민심을 유지(평정과 간절한 마음)하였습니다.
둘째, 고苦의 원인에 대한 문제 의식(투철한 물음)을 가졌습니다.
셋째, 문제에 대하여 온 마음과 정신을 집중(명상)하였습니다.

17. 부처님은 깨달음을 통해서 무엇을 해결하였는가
첫째, 철학적 측면에서 미혹을 전환하여 깨달음을 이루었습니다.
(존재 이유를 밝힘.)
둘째, 종교적 측면에서 고통을 여의고 즐거움을 얻었습니다.
(평화와 자유의 실현.)
셋째, 도덕적 측면에서 범부를 혁신하여 성인을 이루었습니다.
(자기 완성을 실현함.)

18. 똑같은 선정 수행을 통해서, 왜 한 사람은 마왕이 되고 한 사람은 부처가 되었는가?
대비 원력의 수행(정법 선정)은 부처를 낳고, 자기 중심의 이기적인 욕심에 의한 수행(삿된 선정)은 마왕을 낳습니다.

19. 부처님이 깨달은 법의 실체
관계성의 진리인 연기법을 깨달았습니다.

20. 연기법의 실천 체계는?
삼법인, 사성제 등입니다.

21. 지혜와 자비

연기법의 사상과 정신을 잘 파악하고 이해하는 것이 지혜요, 연기법의 진리에 따라 사고하고 말하고 행동하는 것이 자비입니다(무주상 보시, 비폭력 평화 정신).

22. 부처님의 성도가 지니는 역사적 참뜻

미혹과 고통의 역사를 청산하고, 깨달음과 해탈의 역사로 전환되었음을 뜻합니다.

23. 역사의 모순과 고통의 문제를 해결하는 길

역사의 문제를 자기 문제로 삼고서, 자기 자신의 변화를 통해 이웃을 변화시키고 사회를 변화시키고 세계를 변화시키는 것이 불교의 태도입니다.

24. 불교가 역사의 종교로 전개될 수 있었던 것은?

부처님의 깨달음이 개인적인 체험에 머물지 않고 역사의 종교로 전개될 수 있었던 것은, 대비 원력의 문제 의식인 본원력 그리고 그 실천인 전법傳法을 통해 삼보三寶가 성립되었기 때문입니다.

25. 부처님의 생애에서 본받아야 할 핵심 내용

성도 이전에는 확고한 대비 원력의 발심과 끊임없는 출가 정신의 실천이고, 성도 이후의 삶은 부처님의 일상의 일거수 일투족을, 곧, 행주 좌와 어묵 동정行住坐臥語默動靜의 모든 것을 본받아야 합니다.

26. 범천이 부처님에게 설법을 간청한 뜻은?

세계의 주재자인 범천이 부처님에게 설법을 간청한 것은 그 시대의 또는 뭇 중생의 간절한 바람을 상징적으로 나타냅니다.

27. 전법을 결심하게 되는 근본 원인

크나큰 자비심의 본원력에 따른 실천입니다. 곧, 발심 내용이 대비 원력이었기 때문에 그에 대한 결과로 전법 활동을 전개한 것입니다.

28. 부처님이 간 길과 우리가 가는 길의 차이점

부처님은 스스로 길을 찾아갔고, 우리는 부처님이 이미 제시해 준 길을 따라가는 것이 크게 다른 점입니다.

29. 부처님이 목숨을 바쳐 혁명적으로 실천한 것은?
무아 사상의 천명, 불평등 계급의 타파, 여성 출가의 허락 등입니다.

30. 당면 문제를 직접 나서서 해결한 대표적 사례는?
살인마 앙굴리말라를 직접 만나서 교화하였고, 물싸움을 나서서 말렸으며, 전쟁터에 직접 나아가 전쟁을 막으려고 노력한 것 등입니다.

31. 부처님이 국가, 민족, 교단보다 더 중요하게 여긴 가치
연기, 무아의 진리에 입각한 비폭력, 평화의 정신입니다.

32. 부처님이 보여 준 일관된 삶의 태도
추구하는 이상은 높았고, 간직한 사상과 정신은 고준했으며, 실제 생활은 겸손, 인내, 포용, 감사, 청빈 등의 결사 정신으로 일관했으며, 대중과 고락을 함께 하는 자비로운 삶을 살았습니다.

33. 부처님은 무엇을 어떻게 먹고 살았는가?
음식에 대한 탐욕과 집착을 버리고, 대중이 진지하게 보시한 음식을 감사하고 기쁜 마음으로 공양하였습니다.

34. 부처님이 남긴 마지막 가르침
"법에 의지하고 사람에게 의지하지 말라. 세상은 끊임없이 변화한다. 게으름 부리지 말고 정진하라"입니다.

35. 부처님의 열반이란?
첫째, 유여 열반: 탐진치의 불길이 소멸한 상태입니다.
둘째, 무여 열반: 탐진치의 불길과 생리적 문제까지 끝나 버린 상태입니다.

36. 열반을 통해 우리에게 주고자 한 가르침
첫째, 연기 무아의 진리에 따릅니다.
둘째, 존재의 참 모습을 보여줍니다.
셋째, 연기법, 곧, 존재의 참 모습에 대한 올바른 인식을 갖고 주체적인 깨달음의 수행에 끊임없이 정진하게 하고자 함입니다.